왜 힘들지? 취직했는데

왜 힘들지? 취직했는데

죽을 만큼 원했던 이곳에서
나는 왜 죽을 것 같을까?

원지수 지음

indigo
Story and more

나 같은 직장인의 기록

이 책은 한 권의 처절한 합리화다.

직장인이라는 이름표를 달고부터 끊임없이 나를 괴롭혀 온 물음들에 대한 참 구구절절한 대답이다. 나 스스로의 불안과 두려움에 어떻게든 '괜찮아도 될' 근거를 대 보이려 애쓴, 어딘지 안쓰러운 노력이다.

그러니 책 소개를 보고 '멋진 직장인 선배의 조언' 혹은 '지금의 고민을 해결해 줄 처방' 같은 것을 기대했다면 죄송하다. 이것은 그보다는 늘 승모근 위에 고민을 얹고 다니는 직장인 1인의 셀프 고민 상담기에 가깝기 때문이다. 직장인을 10년째 하고 있어도 여태 첫날의 충격(어떻게 이걸 평생 하지?!)에서 벗어나지 못한, 여전히 이런 '월급 값 못하는' 질문이나 붙들고 있는 자의.

"왜 직장에서는 자아실현하면 안 돼?"

나보다 훨씬 길고 훌륭한 직장생활을 한 선배들이 쓴 '직장인 필독서'는 이미 많다. 이렇게 하는 것이 좋다, 저렇게는 하지 마라, 가르침을 주는. 앞서 말했듯 이 책은 애초에 그런 지혜를 전파하기 위해 쓰이지 않았다. 직장에서의 어느 날 문득, 이렇게는 내가 죽겠어서, 채워도 채워도 채워지지 않는 허기와 넘어도 넘어도 끝이 없는 불안은 도대체 어디서 오는 건지 알 길이 없어서, 나를 잡아먹기 직전인 고민들을 하나씩 글 위로 꺼내 본 것이 시작이었다.

그렇게 두 번째 직장을 다니며 〈두 번째 초년생〉이라는 이름으로 브런치에 올린 직장인의 고민 이야기는 운이 좋게도 그해 '브런치북 프로젝트' 수상 명단에 끼게 되었고, 그것은 내가 이후에도 고민을 붙잡고 계속 글을 쓸 수 있도록 한 힘이 되었다. '나 같은 직장인 1인'은 생각보다 많았다.

글을 쓰는 과정은 곧 질문에 답하는 과정이었다. 나를 힘들게 하는 정체 모를 것들에 대해 묻고, 고민해 보고,

나름의 답을 찾아보는 과정이었다. 본문 중 내가 이렇게 저렇게 해 보자고 써놓은 것들이 모두의 상황에 들어맞는 답은 아니거니와 누구나 고개를 끄덕일 만한 결론인 것은 더욱 아니다. 그것들은 다만, 안심시키기 위함이다. 정말로 최선을 다해 하루하루 살아내고 있으면서도 알 수 없는 불안과 고민에 시달리고 있는 나 자신을, 그리고 나와 같은 당신을. 내가 지나고 있는 이 길고 컴컴한 터널을, 알고 보니 다른 누군가도 지나고 있었다는 사실을 아는 것만으로도 우리의 밤은 조금 덜 힘들 테니까.

10년의 직장생활 동안 나는 영업사원이었고, 카피라이터였고, 지금은 커피 회사에 다닌다. 와중에 모아 둔 전 재산을 털어 아직은 본전을 찾지 못한 유학을 다녀오기도 했다. 10년. 만일 쭉 한 길을 갔더라면 뭐라도 하나 이루었을지 모를 세월에, 여기저기 꼬부랑 고개를 타고 넘느라 아직 나는 그 어느 고개에서도 뚜렷한 무엇을 이루지 못했다.

대신! 고맙게도 능력치를 하나 얻었다. 고민에 대한 맷집. 한 번도 내 고민에 맞서 속 시원히 이겨 본 적은 없지만 그렇다고 완전히 KO패를 당한 적도 없다. 수없이 많은 고민들과 붙어 싸우는 동안, 나는 쏟아지는 고민을 마냥 피하는 대신 그것을 정면으로 마주 보며 어떻게 하면 이 고민을 넘어 다음 라운드로 갈 수 있을까를 탐색할 줄 알게 되었다. 당연히, 그러는 동안 현실에는 또 다른 타격이 온다. 그것도 최대한 직시한다. 언제까지 깔려 있어야 할지는 모르겠으나 백기는 들지 않는다.

나는 내가 키운 맷집을 가지고 분명 어디선가 나 같은 누군가들이 겪어내고 있을 비슷한 고민들에 대해 함께 이야기해 보고 싶었다. 내가 나의 고민과 싸워 얻은 생각을 최대한 잘 정리하고 표현해서, 각자의 고민과 맞붙어 있는 이들에게 작은 힘이나마 보태고 싶었다. 우리가 힘든 이유는 아마도 이런 것들이 아니겠냐고, 우리의 세상은 고민하는 이대로도 충분히 괜찮을 거라고, 다만 조금 더 괜찮아질 수 있다는 것을 믿어 보자고.

고민하는 이에게 '고민이 밥 먹여 주냐'고 잔소리하는 세상을 저리 갖다 치우고 싶었다. 당신처럼 고민하는 사람 여기 있다고, 그런 나와 당신을 이해한다고 말해 주고 싶었다.

📁

이 책은 직장생활의 자투리를 쪼개서 썼다. 출근을 1시간 일찍 하기도 하고, 점심을 30분 빨리 먹기도 하고, 잠을 1시간 늦게 자기도 하면서 짬짬이 썼다. 짬 내어 쓰고 짬 내어 고민하고 짬 내어 다듬다 보니 3년이 걸렸다. 썩 맘에 들게 써진 것도 있고, 억지로 생각을 욱여넣은 듯한 것도 있다. 인생의 한 시점에 멈춰 서 쓴 글들이 아니다 보니 시간이 지나 현재의 내가 더 이상 공감할 수 없는 내용이 생기기도 했고, 메시지보다는 글에 힘을 주려 애쓴 곳들이 보일 때면 책을 내겠다는 욕심에 세상에 쓰레기를 하나 더 늘리는 것은 아닐까 우울해지기도 했다.

그래도, 부끄러운 이것이 책이라는 옷을 입고 딱 나 같은 고민을 하는 누군가의 손에 들려질 수 있다면, 그가 똑같이 고민하고 흔들리며 걷는 누군가의 글을 통해 '뭐야, 나 같은 직장인이 또 있었어? 나만 이렇게 죽겠는 게 아니었어?' 하는 위안을 얻을 수 있다면, 그것은 또 참 좋겠다고 생각한다.

3년 전 다만 열 편 남짓의 서툰 글 모음을 보고 책을 만들어 보자 손 내밀어 준, 군대 간 애인 기다리듯 나의 유학도, 이직도 기다려주며 거의 직장생활 3분의 1을 함께 손잡고 지나 온 글담출판사 편집부 이은지 님께 표현할 길 없는 감사를. 지난 10년간 내 곁에서 커피를 몇 잔씩 비워 가며 갈 곳 잃은 고민들을 들어주었던 너그러운 친구, 동료님들께 존경을. 그리고 오늘 고민 끝에 이 고민의 기록을 집어 들어준, 나 같은 직장인 여러분들께 마음 깊은 곳으로부터 공감과 지지를 보낸다.

2019년 가을
직장인 원지수

왜 힘들지? 취직했는데

그만두고 싶은가, 시작하고 싶은가

그런다고 누가 알아줘?

언제쯤 안정될 수 있을까

01

왜 힘들지? 취직했는데

그래서, 직장인이 되었다

: 우리는 왜 죽을 만큼 간절했던 곳에서 죽을 것 같을까

적어도, 스물다섯 때쯤까지 나에게 한 가지는 명확했다.

어떻게 하는 게 "잘하는" 것인가.

엄마 말을 잘 듣는 것

시험 성적을 잘 받는 것

언니와 싸우지 않는 것

좋은 대학을 가는 것

남들이 부러워할 직장에 들어가는 것

남들이 대단하다고 할 도전을 하는 것

등등.

나는 잘하고 싶었고, 잘하는 애가 되고 싶었고, 그래서 참 잘한다는 소리를 듣고 싶었다.

엄마 말을 잘 듣는 것에는 '공부 잘하는 애'가 되는 것과 '엄마가 아파트 입구에서 아줌마들에게 자랑할 수 있는 사건'을 만드는 것, '또래보다 피아노 잘 치기' 등

이 포함되어 있었고, 시험 성적을 잘 받는 것에도 '받아쓰기 백 점', '글짓기 대회에서 상 타기', '교실 뒤에 그림 걸리기' 등 여러 가지 세부 카테고리가 있었으며, 나는 모든 영역에서 '수'를 받기 위해 정말이지 모든 순간을 치열하게 애쓰며 살았다.

그래서, 직장인이 되었다.

'남들이 부러워할 직장' 카테고리에 속했던 외국계 회사 영업사원이 나의 첫 직업이었다. '외국계? 좋겠네!'와 '영업사원? 힘들겠네!' 두 가지의 반응을 모두 '참 잘했어요!'로 받아들이고 또다시 열심의 일상을 이어갔다. 그런데, 여기부터는 달랐다. 열심히 한다고 백 점을 받을 수 없었고, 노력이 보답을 받을 수 없도록 방해하는 수많은 비논리적인 요소들이 산재했으며, 무엇보다 '백 점'의 기준이 모호했다. 한 번도 기준 없는 레이스에 참여해 본 적 없던 나는 당황했다. 3년이 조금 넘는 시간. 오늘이 힘겨워 울고, 내일이 두려워 울던 수많은 낮과 밤이 지나갔다. 그리고, 깨달았다. 더 이상 '아무 영역에서나' 일단 백 점을 받고 보는 게 중요한 게 아니라는 걸. 내가 백 점을 받고 싶은 것, 내가 잘하고 싶은 것이 '어떤 영역인가'에 대해 가슴이 파이도록 고민해야 한다는 것을.

그래서, 나는 또 죽을힘을 다해 직장인이 되었다.

종합 광고 대행사의 신입 카피라이터. 동기들이 모두 승진하던 날, 3년이나 다닌 멀쩡한 회사를 때려치우고 다시 전혀 모르는 분야의 신입사원으로 입사한다는 결정. 이번엔 '남들이 대단하다고 할 도전'의 카테고리였다. 1년이 가까운 시간 동안 치열히 고민하고, 부딪히고, 아파하며 내린 선택과 노력의 결과였기에 이번에야말로 내게 남은 건 '더 잘하면 되는 것'이라고 철석같이 믿었다. 다시 3년이 조금 넘는 시간이 숨도 안 쉬고 지나갔다. 나는 또 울었고, 힘들 때마다 미친 듯이 밀려드는 후회와 후회하지 않으려는 마음 두 가지를 양손에 들고 괴로워했으며, 하루에도 수백 번씩 드는 '못해먹겠어!'라는 마음과 머리채를 잡고 싸워야 했다('못하겠다는 말을 못 하겠어!').

왜? 하고 싶은 일을 하면 행복하다며. 분명 원하는 일을 찾으려 고민했고, 꿈이란 걸 찾아 왔다고 생각했는데. 왜 난 또 힘들어? 시작할 땐 다 괜찮을 것만 같았던 모든 것들이, 왜 지금의 나는 하나도 괜찮지 않은 거야? 어디에나 싫은 사람과 싫은 상황이 있을 거라는 걸 잘 알고 있는데도, 왜 난 지금 이 사람과 이 상황이 싫어 죽겠는 건데?

그래서, 또 다른 직장인이 되면 되는 건가?

취직 후 10년, 여전히 직장인, 여전한 고민들.
아무리 묻고, 아무리 가슴이 똥이 되도록 괴로워해도 마음 한구석을 계속 짓누르는 이 '진로 고민'이라는 녀석은 어째 답을 구하면 구할수록 털어지기는커녕 점점 더 끈적하게 인생 전체에 달라붙는 느낌이다. 이것은 정말 직장인이니까, 직장인이라 당연히, 어깨에 마음에 짊어지고 살아야 하는 숙명 같은 걸까. 힘들어도, 마음이 받아들이질 못해도, 당장 죽을 것 같아도, 직장인이니까. 너만 그런 거 아니니까. 다들 그렇게 사는 게 직장생활이니까. 매일 6시에 눈을 뜨는 것만으로도 대단하니까. 그러니까 괜찮은 거야?

매일 회사에 간다. 매일 고민을 한다. 답도 없고, 끝도 없는 질문 하나가 눈꺼풀 위에서, 차창 밖에서, 커피 잔 속에서 나를 보며 묻는다.

왜 한때는 분명 죽을 만큼 간절히 원했던 곳에서, 이렇게 죽을 것 같은지.

오전 08:30 98%

< 메모

분명 원하는 일을 찾으려 고민했고,

꿈이란 걸 찾아 왔다고 생각했는데. 왜 난 또 힘들어?

시작할 땐 다 괜찮을 것만 같았던 모든 것들이,

왜 지금의 나는 하나도 괜찮지 않은 거야?

어디에나 싫은 사람과 싫은 상황이

있을 거라는 걸 잘 알고 있는데도,

왜 난 지금 이 사람과 이 상황이 싫어 죽겠는 건데?

출근하지도 않았는데 퇴근하고 싶어

: 다닐 수도 없고, 그만 다닐 수도 없고

첫 직장에선 출근 시간이 길었다. 인천에서 강남까지 영업용 아반떼를 운전해서 다니던 그때, 나는 오로지 출근하는 데에만 딱 3시간을 찍었던 어느 월요일 아침을 기억한다. 아파트 입구부터 회사 주차장까지 약 100㎞. 제2경인고속도로와 외곽순환도로와 과천-의왕 도시고속화도로와 양재대로와 남부순환로와 논현로를 타고 최선을 다해 달렸건만, 결국 늦어버린 15분 때문에 된통 핀잔을 들었던 또 다른 아침을 기억한다. 고3도 아니면서 새벽 6시에 일어나 엄마가 쥐여 주는 고구마, 주먹밥 따위를 입에 물고 초보 운전 딱지를 붙인 아반떼를 끌고서 '밀리기 전에 고속도로를 타리라는 일념'으로 액셀을 밟던, 많은 어둑한 아침들을 기억한다.

그렇게 서둘러 나왔는데도 주차장에는 이미 수많은

차들이 아침 조회를 서고 있었다. 꼬불꼬불 일곱 바퀴
쯤을 돌아 내려가 겨우 차를 세우고, 주섬주섬 파우치
를 챙겨 들고서 컴컴한 주차장 화장실로 향했다. 표정
없는 낯에 가까스로 웃는 얼굴을 그려 넣고 엘리베이
터를 타는 순간, 굳이 마주치고 싶지 않은 상사가 굳
이 다다닥 열림 버튼을 누르며 탄다. 굳이 하지 않아
도 될 아침 인사와 함께. "어유, 오늘 완~전 피곤해 보
이네!"

아, 퇴근하고 싶다. 아직 출근하지도 않았는데.

신입사원 시절, 나는 아침마다 슬펐다. 빵빵거리며 끼
어드는 차들과 왠지 자꾸만 출근 시간에 공사를 하는
고속도로와 출근하지도 않았는데 울려대는 전화기
때문에 슬퍼할 겨를이 없어 더 슬펐다.
그런데 진짜진짜 슬펐던 건, 이 꽉 막힌 도로 위에 앉
아 슬퍼하는 자동차가 나 말고도 미친 듯이 많다는 거

였다. 아무리 꼭두새벽에 차를 몰아 나와도, 아직 짙은 어둠이 치워지지 않은 도로 위에는 이미 수많은 차들이 제각기의 헤드라이트를 어디론가 비추며 달리고 있었다. 이 어둠 속에 있는 것이, 아직 부기도 가시지 않은 눈으로 백미러를 흘긋거리는 것이, 끝없는 긴장과 경쟁과 알 수 없는 막막함을 향해 열심히 달려가는 것이, 나 혼자가 아니라는 사실에 이상하게 위로가 되는 이 괴상한 상황은 대체 무어란 말이냐. 이렇게 서로의 서글픔에 위로받으며 사는 게 인생인 걸까? 진짜 완전 더 슬프게 진짜!

믿기지 않는 사실은, 세월이 한참 지난 오늘 아침에도 나는 슬펐다는 것이다. 더 이상 새벽 도로를 달릴 일이 없어졌고, 출근하는 곳과 그곳에서 불리는 이름이 여러 번 바뀌었어도 여전히 내게 출근길은 조금도 쉬워지지 않았다. 우리가 취업을 할 때 꿈꾸었던 '와, 오늘은 무슨 일이 일어날지 설레서 미치겠어!' 따위의 즐거운 출근이란, 현실에서는 영영 불가능한 미션인 건가.

태산 같았던 취업의 문턱을 넘은 후엔, 정말이지 무엇보다도 '출근'이 제일 힘들었다. 12년 동안 무언갈 '받기 위해서' 다녔던 학교와는 달리 매일 무언갈 '해내야하는' 압박이 있는 곳으로 매일 같은 시각에 반드시 가야만 한다는 새로운 행동 양식은 육체적으로, 정신적으로 적응하기 참 어려운 것이었다. 거기에 하루 최소 8시간을 같은 자리에 있어야 한다니!

그렇게 힘들게 온 회사에서는, 게다가 내 맘대로 할 수 있는 게 아무것도 없다. 이를테면 자리에 앉자마자 선배가 묻는다. 커피 마셨어? 나는 숨 좀 돌리고 조금 이따가 마시고 싶은데, 혹은 오늘부터 커피를 줄이기로 했지만, 마치 출근길 내내 커피가 고파서 죽을 뻔했다는 얼굴로 함께 커피를 사러 간다. 돌아오면 기다렸다는 듯 나를 불러 이것저것 물어보거나 지시하는 상사, 실시간 주식 현황판을 보듯 촤르륵 들어오는 이메일과 착실히 울려 주는 전화기. 그렇게 '내 의지'가 아닌 것들로부터 시작된 일들을 쳐내다 보면 오전 시간은 참 쉽게도 지나간다. 매일 내 맘 같지 않은 점심

메뉴(순댓국이나 먹으러 가지!)를 피하려 어쩌다 동기와 약속을 잡아도, 돌아서고 나면 점심시간 내내 회사 욕만 했다는 걸 깨닫는다. 속이 시원하기 한데, 시원하지 않은 것도 같다. 딱히 오늘 오후의 일과도 별 기억나는 것이 없다. 분명 뭐를 굉장히 열심히 한 것 같은데.

그렇게 '사회생활'이라는 곳으로 영혼을 출장 보낸 채 정신없이 살다 보니, 아침마다 나는 머리를 감다 말고 묻는 거다. '가만있어봐라…… 내가 샴푸를 했던가?'

"나는 회사랑 결혼한 것 같애."
커피를 마시다 문득 동기 하나가 말했다. 당연히 나는 벙쪘다. 엘리자베스 여왕도 아니고, 우리 회사 사장님도 아니고, 겨우 2년 차 사원 입에서 나온 말이라니, 진심이야? 그녀는 설명했다. 취업 전이 밀당도 하고 간도 보는 연애 시기라면 취업 후는 마치 결혼 생활과 같다고. 연애를 할 때는 심각하게 서로 맞지 않을 경우 언제든지 헤어질 수 있지만(이론상으로는) 결혼 후엔 이혼을 하지 않는 이상 헤어지기 어려운 것처럼, 회사생활이라는 것도 꼭 그렇더라는 것이었다. "일단 입사한 이상, 퇴사하지 않을 거면 그냥 참고 살아야지 뭐." 그녀는 담담하게 웃었다.

직장인이라면 누구나 가슴 깊은 곳에 사X를 품고 산다. 사, 사…… 사장님! 사…… 사…… 사랑합니다♡ 젠장, 이러다간 사, 사, 사리가 나올 판이다. 차마 꺼내놓지도 못할 그것을 가슴에 품고 오늘도 우린 일단 출근을 했다. 서류상 완전히 갈라서기 전까지는, 묵묵히 서로의 단점을 껴안고 인내하며 살기로 한다. 심지어 팀장쯤 되면, '애는 착해' 하며 회사를 감싸기 시작하는 경우도 많이 본다. 사실, 그 팀장의 가슴속에도 아직 사표(!)는 있을 것이다. 가끔씩 지금 당장 꺼내들 것마냥 주먹 가득 그러쥐어 보는, 출근하자마자 퇴근하고 싶을 때 한 번씩 가만히 만져 보는.

가끔 밖에서 점심을 먹고 들어갈 때, 마침 회사 앞 횡단보도의 신호등이 초록불로 바뀌어도 나는 걸음을 재촉하지 않는다. 다시 신호등이 바뀔 때까지 느릿느릿 걷는다. 사, 사, 사랑해 마지않는 회사에 전력을 다해 뛰어 들어가고 싶지는 않아서.

　돈 진짜 짱인 것 같다.

　얼마나 짱이냐면 사람들이 회사를 감.

언젠가 인터넷에서 이런 글을 보고 빵 터진 적이 있다. 너무 웃겼다. 너무 슬퍼서.

사실 출근이란 건 진심 대단하다. 매일 아침 엄청나게 많은 사람이, 엄청나게 일찍 일어나 엄청난 출근길을 뚫고 엄청나지 않은 일들을 하러 간다. 아침 7시 16분 1호선 용산행 급행열차를 타보지 않은 사람은, 최대한 빠른 환승을 위해 출입문 앞에 다닥다닥 몰려 선 사람들의 가방과 핸드폰에 찡겨 보지 않은 사람은,

혹은 비 오는 새벽 오지 않는 광역버스를 하염없이 기다려 보지 않은 사람은 진정한 인생을 알 수 없겠구나 생각한 적도 있다. 그러나 '나는 그 대단한 출근을 했다'는 사실만으로 모든 것을 위로하기엔, 출근이라는 문 뒤에 이어지는 오늘의 무게가 너무나 무겁다.

그래도! 무작정 콱 그만 다닐 수는 없는 노릇이다. 때때로 돈은 진짜 짱이니까. 아무리 출근길이 지옥길 같아도, 커피를 내 맘대로 못 마셔도, 나는 누군가에겐 미치도록 간절한, 그 자리를 꿰차고 앉은 이 시대의 멋진 젊은이니까. 그리고 불과 얼마 전까지, 그 누군가는 나였으니까. 그래서 다닌다. 그러나 때려치우고 싶다. 그래도 아직은⋯⋯!

위로받지 않아도, 스스로를 '웃퍼' 하지 않아도, 그래서, 그러나, 그래도를 수만 번씩 되뇌지 않아도 괜찮은 출근이란 정말 세상에 존재하지 않는 걸까? 이게 참 미칠 노릇이다. 다닐 수도 없고, 그만 다닐 수도 없으니.

❮ 메모

사실 출근이란 건 진심 대단하다.

매일 아침 엄청나게 많은 사람이,

엄청나게 일찍 일어나

엄청난 출근길을 뚫고

엄청나지 않은 일들을 하러 간다.

그러나 '나는 그 대단한 출근을 했다'는

사실만으로 모든 것을 위로하기엔,

출근이라는 문 뒤에 이어지는

오늘의 무게가 너무나 무겁다.

딱 죽을 것 같은데도 움직여지지 않는 이유

: '때려치울 힘' 이 없어

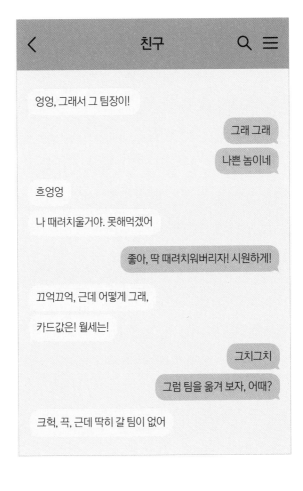

> 친구

엉엉, 그래서 그 팀장이!

그래 그래

나쁜 놈이네

흐엉엉

나 때려치울거야. 못해먹겠어

좋아, 딱 때려치워버리자! 시원하게!

끄억끄억, 근데 어떻게 그래,

카드값은! 월세는!

그치그치

그럼 팀을 옮겨 보자, 어때?

크흑, 꾹, 근데 딱히 갈 팀이 없어

그래도 어디든 지금
그 팀보다는 낫지 않겠어?

어흡, 아냐, 이 팀은 이래서 별로고,
저 팀은 저래서 거지래

음… 그럼 지금 팀은 그거보단 나은 거네?

꼭, 꼭, 아니라고,
여긴 진짜 하루도 더 못 있겠다고!

후… 그럼 일단 좀
쉬어보면 어때? 휴가! 병가!

안돼, 요즘 우리 팀 헬이라,
나까지 빠질 수가 없어

…하루도 더 못 있겠다며,
그럼 어쩌자는 거야…

그걸 내가 알면 이래?!

나 진짜 지금, 딱 죽을 것 같단 말이야!!

정말 너무너무 힘들어서 숨도 못 쉬겠다며 눈물 콧물 범벅이 된 주제에, 걱정하는 친구의 위로 섞인 조언에 하나하나 너무나 논리적으로 깔끔히 반박을 한다. 아니…… 저기 너 지금 죽겠다며. 뭐라도 해봐야 할 거 아니야. 죽는 거보단 사표 쓰는 게 낫잖아. 사표 쓸 각오면 차라리 휴직을 해. 이렇게 저렇게 어떻게든 도움을 주려고 해 보지만, 씨알도 안 먹힌다. 그저 지금 힘들어서 죽을 것 같다는 말만 반복하며 얼굴을 감싸고 천지가 흔들리게 울고 있는 것이다. 아니 무슨 이런 답정너가 다 있어, 혹은 얘가 아직 덜 힘들었네, 싶겠지만, 지금 딱 죽을 것 같다는 그의 말은 결코 과장이나 엄살이 아니다.

정확히 말하면 그는 지금, 그만둘 힘조차 없는 것이다.

때려치운다는 말은, 보통 어떤 힘든 상황을 그저 접어 버리고 '보다 편한' 상태가 된다는 뜻으로 쓰인다. 하지만, '정말로 때려치우지 않으면 내가 죽을 수도 있겠구나' 싶은 상태까지 몰려 보지 않은 이들은 모른다. 무언가를 때려치운다는 것에 얼마나 많은 힘이 필요한지를.

아니, 그만두는 데 무슨 힘이 필요해? 매일 밤 베개를 적시게 하고, 매일 아침 눈 뜨는 순간을 지옥으로 만들었던 바로 그걸 그만두는 거잖아. 지금까지 본인을 벼랑 끝으로 몰아 온 그 죽기보다 싫은 걸 이제 안 하게 되는 거잖아. 밥도 못 먹고(혹은 너무 많이 먹고), 잠도 못 자고, 입만 열면 온갖 부정적인 말들만 폭풍처럼 쏟아내고 있는데. 그만둘 힘도 없다면서 그 모든 것들을 다 버티고 있는 힘은 그럼 뭔데?

처음에는 그래, 힘들겠다 하며 다독이던 친구들도 슬슬 이러지도 저러지도 않겠다는 반응에 짜증을 내기 시작한다. 그러게, 나도 지금 있는 곳이 지옥 구덩이인 건 알겠는데, 왠지 가위라도 눌린 것처럼 한 발자국도 움직이질 못하겠어. 지금, 딱 죽을 것 같은 우린 왜 죽지 않기 위해 손톱만치도 움직일 수 없는 걸까?

3년간 뺨만 맞던 사람이 있다고 하자. 아프다. 진짜 겁나 아프다. 내가 왜 맞아야 하는지 이유도 모르겠고 언제까지 맞고만 있어야 하는지, 맞지 않기 위해서 뭘 어디서부터 어떻게 해야 하는지 하나도 모르겠다. 다만 내가 아는 한 가지는 지금 이 자리에 있는 것이 미치도록 아프고 힘들다는 사실이다. 그런데, 처음에는 빛이 번쩍할 정도로 매번 놀랍고 충격적이던 아픔이 시간이 갈수록 슬슬 예상이 되기 시작한다. 어디가 아플지, 얼마나 아플지, 어떻게 하면 조금 덜 아플지, 맞고 나서는 어떻게 하면 좀 빨리 나을지. 아픈 건 그대로인데, 이제 이건 내가 '아는 아픔'이 되었다. 하지만, 여기서 내가 갑자기 몸을 움직인다면?

이젠 그 어디로 언제 갑자기 어떤 훅이 들어올지 전혀 알 수 없는 상태가 된다. 어쩌면 몸을 약간만 틀어도 단박에 이 상황 자체를 벗어날 수 있을지 모르지만, 말 그대로 그것은 움직여보기 전까지는 알 수 없는 것이기에 나는 한 번도 겪어본 적 없는 새로운 아픔이 너무나 두렵다. 다시 말하면, 몸을 피할 힘조차 남아 있지 않은 상황에서는 변화를 주었을 때 아픔이 줄어들 거라는 희망보다는 예상 못한 낯선 아픔이 찾아올지 모른다는 두려움이 훨씬 더 큰 것이다.

아무것도 모르겠다며 가슴을 쥐어뜯는 나도 확실히 아는 게 하나 있다. 내가 지금 이 상황을 원하는 게 아니라는 것. 그럼 이 상황에서 벗어날 수 있는 이런저런 다른 옵션들엔 왜 쉽게 Yes를 하지 못하는가? 그것은, 내가 지금 이 상황을 원하지 않는다고 해서 다른 상황이라면 '당연히 아무거나 괜찮은' 건 아니기 때문이다. 지금 나를(모든 직장인을) 힘들게 만드는 것은 수많은 '내가 원해서 하는 것이 아닌 일들'인데, 그걸 대체할 옵션이라는 것 역시 100% 온전히 내가 원하는 것일지 확신할 수 없는 까닭이다.

지금 당장 밥 먹을 힘도 없는데, 눈꺼풀을 들어올리는 것보다 내려놓는 게 더 힘든 밤을 보내고 있는데, 오늘의 익숙한 고통을 어떻게든 버텨내는 것 외에 다른 옵션들을 A부터 Z까지 좌르륵 펼쳐 두고 하나하나 따져 보며 '좀 더 나은 최선'을 물색할 힘이 대체 어디 있겠는가. 앞서 말했듯, 무언가를 '때려치우기' 위해서는 정말 많은 것들을 생각하고 선택할 수 있는 힘이, 최소한 '뭐라도 하면 지금보단 나아지겠지' 하는 긍정적 방향의 에너지가 조금이라도 있어야 한다.

혹 지금 누군가 당신에게 딱 죽겠다며 답 없는 하소연을 늘어놓는다면, 당장의 한두 마디 말로 사태를 함께 해결해주려는 배려심은 일단 넣어 두고 가만히 들어주라. 말없이 손목을 끌고 가서 따뜻한 밥이라도 한 끼 같이 씹어 넘겨주라. 일단은 숨이라도 쉴 힘을 회복할 수 있게. 그 힘으로 다시 뭐라도 해 볼 엄두를 낼 수 있게.

그리고 만일 지금 딱 죽을 것만 같은 당신이 이 글을

보고 있다면, 너무나 당연할지 모르지만 이렇게 말해 주고 싶다.

과거는 내가 이미 아는 것이고, 미래는 내가 아직 모르는 것이기에 두려울 뿐이라고.

지금 당신이 한 발짝도 움직일 수 없는 건, 너무 당연한 일이라고. 그러니 당신의 세상이 끝날 일은 없을 거라고.

굿모닝, 똑같은 아침입니다

: 내일 아침, 제일 먼저 해야 할 바로 그 일이 싫어서

벌써 6년 가까이 지났지만 아직까지 내 기억에 어제인 듯 선명한 장면이 있다.

여느 때처럼 고속도로를 달려 집으로 돌아오던 밤, 퇴근길 BGM처럼 늘 틀어놓던 라디오의 〈꿈과 음악사이에〉도 이젠 끝나버린 깊은 밤, 그날은 어쩐지 아파트 입구에서 우회전을 해 집으로 가는 대신 정문 앞 길가에 차를 세웠다. 왜 그랬는가는 모르겠다. 아무런 계획 없이 시동을 끄고, 가만히 차 앞 유리 너머 어둠을 바라보았다. 조용한 밤공기는 새카맣다 못해 검푸른 남색이었다. 캄캄-했다. 지나가는 별빛 하나 없이 캄캄하기만 한 이 밤이, 마치 내 미래처럼 느껴졌다. 주먹을 쥐고 핸들을 때렸다. 팡팡. 팡팡. 팡. 팡팡.

"……앞이 보이지 않는단 말이야."

나 스스로도 태어나서 한 번도 들어본 적 없는 악에 받친 목소리가 튀어나왔다.

여기서 그만두면, 나는 정말 패배자가 되어 버릴 것 같단 말이야. 이렇게 나이가 많은데(그땐 정말 그런 줄 알았다), 이제 와서 뭘 다시 해 볼 수 있겠냔 말이야. 이 핸들을 돌려서 갈 수 있는 곳은 이제 세상에 없을 것 같단 말이야. 이미 내릴 수 없는, 잘못된 궤도 열차에 올라 버린 것 같단 말이야. 나는, 나는, 정말 아무것도 어쩌지 못할 것 같단 말이야!

순정만화 속 주인공처럼, 오글거리는 학원물의 반항아처럼, 듣지 못하는 밤하늘을 향해 나는 뱃속 깊은 곳부터 끌어올린 쇳소리를 내질렀다.

"내일, 당장, 제일 먼저, 해야 할, 바로, 그 일이, 너무너무– 싫어어어어어어-----!!!!!"

어느새 뿌예진 유리창에, 제일 힘없는 벚꽃 잎 하나가 팔랑팔랑 내려앉았다.

대학 5학년, 학교 컴퓨터실에 앉아 바나나 한 개로 점심을 때우며 선배들의 취업 후기를 읽고 또 읽던 때, 나의 첫 직장에 먼저 입사한 선배가 학교 홈페이지에 써 놓은 글 중 이런 대목이 있었다.

> 우리 회사가 최고라고는 할 수 없지만, 나는 아침에 눈을 떴을 때 오늘 해야 할 일들을 생각하면 가슴이 너무나 두근거린다.

회사라는 곳에 들어가기 위해 죽을 똥을 싸고 있으면서도 여기저기서 들리는 지옥 같기만 한 '회사생활'에 대한 막연한 두려움이 있었던 나는, 모니터 너머의 그 초현실적 아침이 너무나도 부러웠다. 나도 저런 아침을 갖고 싶다. 나도 저렇게 막 가슴이 두근거리고 싶다. 저 회사에 들어가면, 나도 이런 '매우 만족' 후기를 남길 수 있을까? 당시의 내겐 '뻥치시네!' 하며 저것이 멋진 취업 후기를 쓰기 위한 과장일까, 나 이런 곳에 취업했다는 졸업생의 자부심일까 생각해 볼 여유 한 줌이 없었다. 내가 할 수 있었던 일은 그저 더 많은 바나나를 삼켜 가며, 지쳐가는 나 자신을 붙들어가며, 매일매일 가슴 뛰는 일상이 기다리고 있을 것이 분명한

'저 회사'에 들어가기 위해 최선을 다하는 것이었다.

그리고 바야흐로 그곳에서 맞이한 칠백이십오 번째 아침, 나는 그때의 그 선배와 똑같은 이유로 퇴사를 결심했다. 아침에 눈을 떴을 때, 오늘 해야 할 일들을 생각하면 가슴이 진짜 저리도록 두근거려서. 오늘 해야 할 일들이, 차라리 눈을 감고 싶을 만큼 나를 힘들게 했던 바로 그 일들이 너무나도 생생히 그려졌기 때문에.

3년 차 소비재 영업사원의 아침 루틴은 이랬다.

어제 일자 출고 실적을 보고 — 이번 달도 실적 맞추긴 글렀구나.
오늘자 재고표를 열어 재고를 보고 — 헉, 이 제품 또 빵꾸났네!
매장 여사님들께 문자 공지를 돌리고 — 'XX 샴푸

550ml 품절입니다. 죄송해요!ㅠㅠ'

분명 어젯밤 11시까지 읽다 퇴근했는데 마치 그런 적 없다는 듯 켜켜이 쌓인 이메일들을 쳐내고 ―

경쟁사 현황 보고 안 합니까? **-바이어**

○○거래처 실적이 미진합니다. 행사 플랜 짜오세요 **-부장**

이번 달 정산이 안 맞아요. 이따 3시쯤 미팅하시죠 **-경리부**

대리님! 이거 경쟁사 매대 사진이에요! 우리도 샘플 좀 많이 보 내달라니까요, 쫌! **-협력사 팀장**

차주 필수 교육 참석 여부 회신 바라며…… **-인사팀**

― 나면 배가 고팠다. 어김없이 점심시간. 오늘은 차돌 된장을 먹을까, 쥐눈이콩 비지를 먹을까. 에이, 다 귀찮으니 그냥 김밥이나 사다 먹어야겠다. 어차피 오후 미팅 자료도 아직 못 만들었는데. 점심시간이면 불이 꺼지는 사무실 칸막이 안에서, 내비게이션이 졸음 운전 유의하라고 말해 주는 차 안에서, 나는 많은 날들의 낮 12시에 맛살과 오이와 단무지를 씹었다. 아무렇지 않은 날들이었다. 어제와 오늘과 다음 주 월요

일이 별 다를 것이 없었다. 스물다섯에서 스물일곱 사이, 가슴 뛰는 아침에 대한 나의 꿈도 그렇게 아무렇지 않게 한 입씩 씹혀갔다.

📁

그날 아침도 별반 다르지 않았다. 고속도로는 평소처럼 밀렸고, 커피도 평소처럼 마셨고, 늘 앉던 자리에 앉아 노트북을 폈고, 평소처럼 달칵달칵 재고표를 열었다. 그런데 갑자기, 뚝, 눈물이 나왔다. 오늘 나가야 할 면도기의 행사 물량과 매장에서 애타게 기다릴 생리대 샘플 재고가 잘 있는지 얼른 확인해야 하는데, 이건 도무지 눈물이 좍좍 흘러서 엑셀을 볼 수가 없었다. 꾹 다문 입 안으로 울음과 함께 참았던 물음 하나가 꾸역꾸역 올라왔다.

'왜?'

나 왜, 매일 아침 숫자를 세고 있는 거야?

'매일 아침 재고표 열기'라는 행위 자체가 싫은 것이

아니었다. 이런 반복되는 일 따위 말고 내게 더 멋지고 화려한 일을 달란 말이야! 하는 생떼도 아니었다. 내가 책상에 편히 앉아 있는 지금도 매장에서, 창고에서 열심히 뛰고 있는 매장 여사님들과 대리점 사장님들에게 이 숫자가 얼마나 중요한 것인가를 모르는 것도 아니었다.

다만 매일 아침 숫자를 세고 있는 내가, 하루 종일 이어지는 미팅에서 '-은,-는,-이,-가'를 빼면 줄줄이 숫자로만 이루어진 대화를 하는 내가, 늦은 밤 사무실 책상에 잔뜩 몸을 기울이고 앉아 엑셀 파일에 빼곡히 숫자를 채워 넣는 내가, 갑자기 너무나도 낯설게 느껴졌다. 꼭, 여우네 집에 놀러 온 두루미 같았다. 서울 쥐 집에 놀러 온 시골 쥐 같았다.

'취직 성공'이라는 콩깍지가 벗겨진 시골 쥐는 놀라서 여우에게 물었다.

"근데 나는 왜, 여기 있는 거야?"

나는 애초에 숫자와는 거리가 먼 사람이었다. 대학 입시 때는 수시를 붙여놓고도 그놈의 수리영역이 나를 재수시킬 뻔했다. 맞추라고 주는 문제라는 1번 문제도 틀렸다. 그런 내가 어느새 매일 아침 숫자 하나에 가슴 졸이는 사람이 되어 있었다.

사람마다 차이는 있겠지만 대부분 취업 후 2~3년이 지난 어느 날 문득 만나게 되는, 오만 것이 다 궁금했던 두세 살 이후 오랜만에 찾아온 인생 최대의 질문, '왜?'. 그 질문이 고개를 드는 순간, 바로 그때부터가 직장인 고난의 시작이다. 히어로 무비의 평범한 주인공이 어느 날 자신의 능력을 각성하듯, 그 때문에 온갖 고뇌와 영웅담이 동시에 시작되듯.

다른 동기들이 '어떻게'에 집중하며 열심히 경험의 근육을 불려 나가는 동안, 나는 홀로 멍청히 서서 '왜?'의 늪에 점점 더 깊숙이 빠져들고 있었다. 내가 매일 아침 일어나서 하는 이 일들이 내 인생에 왜 필요한지. 나는 이런 일들을 통해 인생에서 무엇을 이루고자 하는 건지. 지금 찍고 있는 이 점들이 내 인생을 어디로 연결시켜 줄 수 있을지. 이것이 정말 내가 생겨먹은 대로 살 수 있는 길이 맞는지. 한 글자로 시작된 질문 은 점점 인생 전체에 대한 백 가지 질문으로 세포 분 열을 했다. 갑자기 미치도록 풀고 싶은 문제가 생겼는 데, 그 문제에 대한 답을 낼 수 있는 사람은 하필 수리 영역 1번도 틀리는 나 말고는 없었다. 이 문제가 오십 만 배쯤은 어려운 거였는데.

어느 날 아침, 모닝커피를 마시며 나는 동료 하나에게 이런 고민을 털어놓았다. 그는 말했다.
"야, 직장에서는 자아실현하는 거 아니야."

취직 2년 만에 또다시 바나나를 씹으며 '직장에서도 실현할 수 있는 자아'를 찾아 헤매던 중, 어느 신문기 자의 인터뷰가 눈길을 붙잡았다. 잦은 야근, 많지 않 은 월급 등 소위 '짜칩'에도 불구하고 기자라는 직업에

만족하는 이유를 묻자 그는 이렇게 대답했다.

"직장인들은 보통 한 달에 딱 하루, 월급날만 행복하다고 하잖아요? 전 한 달에 딱 그날 하루만 불행하거든요."

한 달에 하루만 불행한 삶은 대체 어떤 삶일까. 한 달에 서른 날, 밤늦은 퇴근길에 벌써 다음 날 아침을 걱정하던 나는 이번에도 '뻥치시네!' 한 번을 못하고 가슴을 쳤다. 봐, 직장에서 자아실현 하는 사람 저기 있잖아. 그래, 완벽이란 없겠지. 남의 돈 받고 일하는데 그럼 마냥 다 좋을 수는 없겠지. 그래도, 불행한 것 빼면 행복하다는 직장인 저기 있잖아. 나는 역시 믿고 싶었다. 내게도 그런 삶이 있을 거라고. 언제, 어디서부터 찾아나서야 할지 막막해 죽어버릴 것 같긴 한데 어쨌든 찾을 수는 있을 거라고. 그런 직장생활이란 애초에 존재하질 않는다며, 좋아하는 일은 직업으로 삼으면 안 된다며, 직장에서는 자아실현하는 거 아니라며, 내게 어울리는 일이 무엇인지 찾는 일 자체를 포기해 버리기에 지금의 선택은 너무도 선명한 오답처럼 보였다.

사람마다 일의 가치를 두는 곳은 다르다. 누군가에게 가장 중요한 것이 다른 누군가에겐 저 아래 순위의 것일 수 있다. 누군가에겐 연봉이, 누군가에겐 승진이, 자기 계발이, 회사 분위기가, 오늘 밤 길가에 차를 세우고 핸들을 때리게 하는 고민거리가 될 수 있다. 하지만 이유야 저마다 다를지언정 취직, 그 이후의 삶이 상상 이상으로 고단한 것은 누구에게나 마찬가지일 거다. 그것을 입사 전에는 미처 알지 못했을 거란 사실도.

내겐 매일 아침 내가 하는 일들이 내 인생에서 갖는 의미가, 그리고 그것을 '내가 알고 일을 한다'는 사실이 무엇보다도 중요했다. 어쩌면 나는 눈뜨자마자 가슴이 설렌다던 선배에게서, 한 달에 하루만 불행하다는 그 기자 분에게서 내가 보고 싶고 듣고 싶던 말들을 일부러 찾아 들은 건 아닐까. 조금이라도 더 자신에게 가까운 일을 할 수 있다고 믿는 그들의 모습을 '내 편' 삼으며 스스로를 응원하려 했던 것은 아닐까.

이직 이후의 삶은 어쩌면 이전보다 훨씬 더 고됐다. 경력을 버리고 직종을 바꾸니 월급은 반타작이 났다. 여전히 불 꺼진 사무실에서 김밥을 뜯었고, 잠과 끼니를 번갈아 걸렀고, 바이어에게 먹던 욕을 그대로 광고주에게 먹었다. 안타깝게도, 한 달에 한 번만 불행할 수 있는 삶은 아직까진 살아보지 못했다.

그래도, 여전히 설렘보단 걱정으로 터질 것 같은 퇴근길이 그렇게 깜깜하지만은 않은 건, 가끔씩 찾아오는 각성의 순간들 때문이다. '나는 이런 사람이니까 이런 일을 하고 있지', '내가 오늘 이 개고생을 하는 건 이런 의미가 있지' 하고 문득 설득이 되는 순간들. 나의 지금이 조금 더 내게 가까운 내일을 만들고 있다는 어렴풋한 확신이 드는 그런 때, 내일 아침 제일 먼저 해야 할 그 일은 조금 더 할 만해 보인다.

< 메모

사람마다 차이는 있겠지만 대부분 취업 후

2~3년이 지난 어느 날 문득 만나게 되는,

오만 것이 다 궁금했던 두세 살 이후

오랜만에 찾아온 인생 최대의 질문, '왜?'.

그 질문이 고개를 드는 순간,

바로 그때부터가 직장인 고난의 시작이다.

부장님 안 되고 싶은데

: 10년 후, 내 성공은 여기 있을까

"……내가 그래서, 그 눈 오는 언덕에, 생리대 수십 박스를 와장차앙!"

와장차앙! 하는 순간 듣고 있던 신입사원 네 명의 가슴도 함께 와장창! 내려앉았다. 으악, 어뜩해!
뛰어난 실적으로 몇 년간 해외 지사에서 근무하다가 때마침 우리의 입사 시기에 귀국하신 한 부장님의 이야길 듣는 중이었다. 그가 신입 영업 사원이던 시절, 산꼭대기 작은 슈퍼에 '신규를 뚫으러' 갔다가 매몰차게 거절을 당하고, 힘없이 돌아 나오다 그만 눈길에 미끄러져 손에 잔뜩 들고 있던 판촉용 생리대들을 온 사방에 나풀나풀 하얗게 뿌렸다는 이야기였다. 남산만 한 풍채로 철푸덕 넘어진 것도 그렇지만 그 시절 젊은 남자 손에 생리대라니. 전설이 들려주는 전설 같은 이야기에 잔뜩 몰입한 신입들은 순진한 토끼 네 마리처럼 귀를 잔뜩 쫑긋거리며 물었다. 그래서, 그래서 요? 어떻게 되었어요?

"나? 어떻게 됐긴, 이렇게 성공했지."

이 이야기의 교훈을 어디서 찾아야 할까? '그때의 고생이 지금의 나를 만들었다'? '너희도 젊었을 때 고생하면 나처럼 될 수 있다'? '성공하고 싶으면 오늘의 더러움을 참아라'?

전설의 부장님은 말을 이었다. 그날 그가 눈밭에 코를 박고서 실적이고 뭐고 당장 때려치워야지, 생각했던 그 순간을 참아 넘긴 것은, 자신이 평생 이런 일만 할 게 아니라는 걸 믿었기 때문이었다고. 이런 하루하루를 참아서, 반드시 '좋은 날'을 보고 말리라는 목표가 있었기 때문이라고. 그러니까 그에게는 그날의 '에라이!'를 참고 견뎌야 할 이유가 있었던 셈이다. 더 이상 눈 오는 날 고생고생하며 신규 거래처를 뚫으러 다니지 않는, 보다 중요하고 보다 멋진 일을 책임지고 있을, 10년 후, 20년 후 스스로의 모습. 그것이 그날 그가 흩어진 제품들을 주섬주섬 주워 담아 묵묵히 회사로 돌아올 수 있도록 한 힘이었다.

그를 선배로서 존경하는 것과는 별개로, 그 방에 있던 토끼 한 마리에겐 그 교훈이 잘 와 닿지 않았다. 열심히 감화를 받으려 애써 보았지만 20년 전의 그 얼굴 시뻘게진 우직한 영업사원에게도, 존경받는 리더가 된 지금의 그에게도 딱히 감정이입이 되지 않았다. 뭐랄까, 대단한 건 알겠는데 대단하게 느껴지지 않았다고 해야 할까. 이후로도 가끔 회사에서 잘 나간다는 사람들을 보거나, 그들의 이야기를 들을 때마다 나는 곰곰이 생각을 해 보곤 했다. 가만있어보자, 내가 한 5…… 7……년쯤 있으면 저분들 또래가 될 텐데, 나는 저 연차에 저렇게 쾌속 승진해서, 몇백 억짜리 비즈니스를 책임지는 게 목표인가? 마음이 미동도 않는 걸 보니, 아닌 것 같았다. 지금 이 미팅에서 박수 받는 저분은 틀림없이 이곳에서 굉장히 성공한 분인 게 맞는데, 왠지 10년 후 '성공한' 나는 저기에 '능력 있는 생활용품회사 부장'으로 서 있을 것 같지는 않았다.

그렇담, 나는 여기에 왜 있는 거지? 이 일의 현재에도,
미래에도 되고 싶은 모습이 없으면서, 왜 이 일을 시
작한 거지? 시작이야 일단 취업이란 걸 하는 게 급했
으니 그랬다 치고, 이곳에서의 험난한 하루하루를 내
가 앞으로도 계속 참고 견뎌야 하는 이유는 뭐지?

얼마 전 한 회사의 임원이, 요즘 애들의 퇴사 이유를
'깠다'. 젊은 사원들이 사표만 썼다 하면 그 이유가 '어
처구니없게도' 재미가 없어서라는 것이 그 이유였다.
뭐? 재미가 없어서? 회사를 재미로 다니냐? 요즘 애
들은, 하여간 근성이 없어요. 재밌는 일 하려면 나가
이놈들아!

아마 직원들의 사표에 담긴 '재미'의 의미는 그분이 생
각한 '재미-fun'가 전부는 아닐 것이다. 나는 여기서
의 재미란 '오늘을 투자할 이유'를 통칭하는 거라고 생
각한다. 내가 이곳에서 성장할 수 있다는 확신이 있는

가, 오늘의 고생이 내일의 내게도 유의미한가, 존경할 만한 리더십이 있는가 등등. 이런 것들이 복합적으로 작용해서 우리에게 배우는 재미, 성장하는 재미, 돈 버는 재미, 인정받는 재미, 꿈꾸는 재미, 성취하는 재미, 함께 일하는 재미, 그러니까 '일의 재미'라는 것으로 느껴지는 거라고.

아무튼. 나는 이 이야기를 들으며, 본인이 이끌어야 할 회사가 '당연히 일에서 재미를 찾을 수 없는 곳'이라 당당하게 말하는 그 임원 분께 한마디 하고 싶어졌다. 줄줄이 퇴사하는 그 회사의 '요즘 애들'은, 어쩌면 20년 후 당신처럼 될까 봐 나가는 게 아닐까요.

'무조건 내가 한 대로 참고 버텨야 나처럼 잘 될 수 있음'이라는 리더의 사고방식은 조직의 그 누구에게도 묵묵히 오늘을 인내할 동기를 북돋아 주지 못한다. 더 이상 '고생 끝에 오는 낙'을 기대하기 어려운 지금의 시대 상황 때문만이 아니라, 거기엔 '잘 된다는 것'이 모두에게 같은 것을 의미한다고 생각하는 오류가 있기 때문이다.

잘 되는 건 어떤 거지? '네고' 잘 쳐서 연차 대비 좋은 대우받기? 말 잘 듣고 고과 잘 받고 승진해서 임원 되는 것? 아닐 수도 있잖아. 왜 모두가 '지금' 회사원이라고 해서, 앞으로도 쭉 회사원으로서의 성공, 아니 이 회사 안에서의 성공을 꿈꿀 거라고 전제하는 거지? 몇 년 동안만 일을 배워서 자기 사업을 차리겠다는 목표를 가진 사람도 있을 수 있고, 하고 싶은 일을 뚜렷이 찾을 때까지만 돈도 벌고 사회생활도 배우겠다며 큰 욕심 없이 하루하루 책임을 다하는 사람도 있을 수 있는데. 왜 그들까지도 전부 상무가 되고, 전무가 되기 위해 오늘을 갈아 넣어야만 하는 걸까?

하물며 이 회사에서 성공하는 게 목표인 사람이라 해도, 직급 상승보다는 다양한 직무 이동이나 해외 근무 기회 등을 통해 경험의 폭을 넓히는 걸 성공이라 생각할 수도 있지 않나?

'회사에서 임원 달기'가 잘못된 목표라는 게 아니다. 회사를 다니면 다닐수록, 몇십 년의 하루들을 꿋꿋이 투자해 몇 되지 않는 그 어려운 자리에 오른 분들은 진심 대단해 보인다. 다만, 그렇다고 해서 조직 내 '등반'이 목표가 아닌 회사원의 하루가 무의미하다거나, 모두가 인생에서 같은 모습으로 대단해지기를 꿈꾸는 건 아니라는 말을 하고 싶다.

직장인을 '시작하는 것'만이 목표이던 때는, 직장인으로서 어떤 목표를 가질 것인가에 대해 미리 고민해 본 적이 없었다. 사실 해 보지도 않은 일, 가보지도 않은 곳에 대한 구체적인 목표를 이미 갖고 있다면 더 이상하겠지. 그래서 초년생인 우리에겐 보고 배울 사람의 존재가 중요하다. 나도 꼭 저렇게 되고 싶다!는 느낌을 주는 롤모델까지는 아니더라도, 나의 몇 년 후를 겹쳐 보았을 때 최소한 상상이 가능하도록 만들어 주는, 내가 걷고 싶은 길을 미리 걷고 있는 사람의 존재.

만화 〈미생〉의 강 대리는 동기부여가 되지 않는다며 징징대는 부사수 장백기에게 이렇게 말했다.

"장백기 씨 동기는 스스로 성취하세요."

맞는 말이다. 회사는 학교가 아니니까. 누가 '성공하는 법'이라는 교과서를 주고, 그날그날의 학습 목표와 우선순위도 정해 주고, 중요 부분 밑줄 쫙 돼지꼬리 땡야 해가며 가르쳐 주고, 그렇게 다 떠먹여 주고 그런 곳, 회사는 절대 아니니까. 하지만, 나는 회사 안에서 그 '동기'를 가장 세게 부여하는 건 최소한 대리 초년차까지는 '배울 것/사람'이라고 생각한다. 무엇을 하기 위한 배울 점을, 누구에게서 발견할 것인가는 스스로의 숙제겠지만.

장백기는 역설적으로 니 앞가림 니가 알아서 하라고 말하는 강 대리를 보며, 스스로의 동기를 찾았다. 자리로 돌아가 이리저리 써대던 이력서를 끄고, 다시 '그 회사'에서의 성공을 그리기 시작했다. '자기 앞가림 진짜 알아서 잘하는' 멋진 사수 강 대리에게서, 본인이 꿈꿨던 성공의 모습을 비로소 발견했기 때문이다.

뚜렷한 이유 없이도 무조건 참고 버티는 것을 정말 직

장인의 '근성'이라 할 수 있을까? 자신만의 레이더를 켜고 끊임없이 불평불만하며 '잘 되는 길'을 고민하던 현실의 장백기들이, 아무래도 내 미래는 이곳엔 없을 것 같아서, 배우는 재미가 없어서, 더 이상 참지 않고 다른 목표를 찾겠다면 그건 또 뭐가 잘못일까. 성공의 끓는점은 저마다 다르다.

메모

우리에겐 보고 배울 사람의 존재가 중요하다.

나도 꼭 저렇게 되고 싶다!는 느낌을 주는

롤모델까지는 아니더라도,

나의 몇 년 후를 겹쳐 보았을 때

최소한 상상이 가능하도록 만들어 주는,

내가 걷고 싶은 길을 미리 걷고 있는 사람의 존재.

그만두지 마 움직이지 마 도망가지 마

: 그러는 당신은, 그래서 행복하냐

3년 채울 때까지는 그만두지 마.

대리 달 때까지는 그만두지 마.

한 직장에서 10년은 있어 봐야 그래도 뭐가 좀 보이는

거다.

월급 몇 십만 원 차이 나는 걸로는 움직이지 마.

사람 때문에 그만두지 마. 그게 제일 바보 같은 거야.

자꾸 여기저기 옮기지 마. 끈기 없어 보여.

유학? 다녀와선 뭐 하려고. 도망가지 마.

버티는 사람이 이긴다. 그러니까 일단 버텨라.

뭐? 고작 그런 데 갈 거면 그냥 좀 참고 다녀.

회사가 다 똑같애. 그나마 여기가 나은 거라고 생각해.

내 말 잘 새겨 들어라. 다 너 생각해서 하는 얘기야.

그만두지 마 움직이지 마 도망가지 마, 세상에 이런

찰진 라임이 없다. 〈쇼미더머니〉 1차 예선쯤은 통과하

겠다. 하루에도 몇 번씩, 눈빛 무거운 후배들에게 저렇게 반자동 '하지 마'를 시전하는 분들께 나도 외치고 싶다. 아, '하지 마' 좀 하지 마요!!! 본인들도 어디선가 들었을 말들을 습관처럼 그대로 물려주고 있는 걸 보면 명치끝에서부터 펄펄 끓는 질문 하나가 치밀어 오른다. 왜요? 왜 그래야 하는데요? 아니, 무엇보다 왜, 저 중에 하나도 시도해 본 적 없는 당신이 그런 말을 하는 건데요?

어느 날 가까스로 꺼낸 '그만두고 싶다'는 말을 기다렸다는 듯 가로막는 수많은 조언과 경험담들. (당신의 연차가 낮을수록 그 강도는 세진다.) 지인 중 하나는 '그 말들에 모두 대답할 자신이 없어서' 그냥 회사를 다닌다고 했다. 그럼 그 많은 조언들 중 진짜 '나 생각해서' 하는 얘기는 얼마나 될까? 냉정히 말하면, 거의 없다. 어찌 보면 당연한 것일지도. 고민이 깊을수록 더 많은 사람들에게 조언을 구하게 되고, 그들 모두가 나를 엄마나 절친과 같은 마음으로 대하지는 않을 테니까. 그럼 왜? 마치 뒤돌아보면 돌이 되는 절대 금기를 건드린 것처럼, 소스라치며 서로를 막아서는 저 '디렉팅'은 대체 왜 하는 걸까?

경험상 무작정 이직 또는 퇴사를 말리는 사람일수록, 실제 이직 경험이 없을 가능성이 높다. 처음 '나 그만둔다'는 이야기를 꺼냈을 때, 평소에는 내게 별 관심도 없던 사람들이 갑자기 일제히 내 앞날 걱정을 해주기 시작했다. 신입으로 간다고? 어, 그건 좀 아닌데. 그냥 좀만 더 버티지. 혹시 내가 뭐 서운하게 했니? 회사가 알아주지 않는 것 같아서 삐져서 그래? 등등. 사실 걱정의 대부분은 그 회사가 첫 직장이었던 이들로부터 들었고, 정작 한두 번 둥지를 옮겨 본 경험자들은 크게 많은 걸 묻지 않고 그저 내 등을 툭툭 두드려주었다. 그래, 한번 잘해 봐. 근데 너 후회할지도 모른다. 그건 알지? 그래, 툭툭. 그래도 한번 해 보는 건 좋은 거야. 잘 한번 해 봐. 툭툭.

지금은 펄쩍 뛰며 나의 고민을 말리는 그도 사실은 직
장생활을 하는 내내 많이 힘들었을 것이다. 똑같이 선
택의 기로에 섰을 것이고, 비슷한 고민을 하며 답을
구했던 시기가 있었을 것이다. 어쩌면, 지금도 그런
시간을 지나고 있을지 모른다. 하지만 나에게는 '섣불
리' 그러지 말라고 한다. 망설임 때문이든, 두려움 때
문이든 자신은 그 선택을 하지 않았기 때문에(적어도
지금까지는), 타인의 선택 또한 말린다. 그래야 여태까
지 버틴 스스로가, 자신의 지난 시간이, 지금의 그 자
리가, 맞는 것이 되니까. 잘한 것이 되니까. 물론 그들
의 만류에도 근거가 있다. 본인이 해 본 적은 없더라
도, 먼저 회사를 그만두고 나간 사람들의 실패 사례
를 보며, 후회를 보며, 간접적으로 느낀 바가 있었을
것이다. 그리고 스스로를 안심시켰을지 모른다. 그래,
나는 잘 버티고 있어. 나가지 않길 잘했어. 시도해 보
지 않길 잘했어. 나는 뒤처지거나 정체되고 있는 것이
아니야. 열심히 버텨내고 있는 거야.

어쩌면 이처럼 우리는 서로에게 '자신과 같은 선택을

하라는' 조언이란 것을 하면서 스스로의 현재 인생을 합리화하고 있는 것은 아닐까? 그렇게 생각하면 세상 속상한 일이 아닌가. 고작 1, 2년 다닌 직장을 때려치운다는 선택은 '잘못'이 아니며, 한 직장에서 10년 이상 우직하게 버티고 있는 인생도 그 자체로 존중받아야 마땅하다. 이 후배 저 선배에게 내가 가진 잣대를 열 올리며 설명하지 않아도, 굳이 다른 선택을 까내리거나 뜯어말리지 않아도, 우리가 지금껏 해 온 선택들은 타인의 가치관과 상관없이 충분히 그 나름의 인생에서 가치 있고 타당한 것들이었다. 굳이 다른 사람도 나와 같은 선택을 하는가 마는가에 많은 의미를 두면서 에너지를 낭비할 필요가 있을까. 그러기에 우리 한 명 한 명이 걸어온 길은 결코 가볍지 않다.

물론, 그냥 이쪽 힘든 현실이 싫어서 저쪽 힘든 현실로 갈아타려는 사람들도 있다. 그들에겐 질책과 충고가 필요하다. 다만 그것이 진심으로 그 사람을 위한 것인지, 아니면 그렇게 말하는 스스로를 위로하기 위한 것인지 한번 돌아보면 좋겠다. '해/하지 마' 화법은,

누군가의 삶에서 엄마 정도의 레벨을 갖고 있지 않은 이상 함부로 구사해선 안 된다. 아무리 실패가 너무 뻔히 보여도, 그 인생 하나 구제해 주고 싶어 미치겠어도 마찬가지다. 그 멍청이가 짚단을 지고 불구덩이에 뛰어들든, 그래서 그 인생이 망하든, 망해서 누굴 원망하든 그것 또한 그가 선택한 그의 인생이니까. 감당 또한 그의 몫이다.

오늘도 내 고민을 비웃으며 그저 버티라는 사람들에게 묻고 싶다.
그러는 당신은, 그래서 너는 지금 XX 행복하냐?

아무래도 〈쇼미더머니〉를 너무 많이 본 것 같다.

그래서, 뭐 할 건데?

: 해봐야 알 것 같은데요

2000년대 예능 프로그램에서 '당연하지' 게임과 쌍벽을 이루던 것으로 '문장 말하게 하기' 게임이 있었다. 예를 들어 상대방이 말해야 하는 것이 '짜증 나!' 일 경우, 답은 가르쳐 주지 않은 채 상대방을 최선을 다해 짜증 나게 해서 그 말을 결국 하도록 만드는 식이다. 보통 원하는 답을 정확히 듣기란 쉽지 않기에 벌어지는 별의별 희한한 상황들이 이 게임의 재미 포인트. 그런데 만일, 그 게임판이 우리의 직장이고 들어야 하는 말이 '그래서, 뭐 할 건데?'라면 99%의 확률로 이 문장을 말하게 하는 찰떡같은 공격이 있다. 바로 이 한마디면 된다.

"저, 퇴사하려구요."

"저, 퇴사하려구요."

"퇴사하고 뭐 할 건데?"

"저, 유학 가려구요."

"갔다 와서 뭐 할 건데?"

"저, 휴직하게 되었어요."

"휴직하고 뭐 할 건데?"

"쉬면서 생각 좀 해 보려고요."

"쉬고 나서 뭐 할 건데?" (아니 그걸 생각해 보려고 쉰다니까요……!)

이직, 퇴사, 휴직, 유학 등등 모두가 하지는 않는 선택들에 반드시 따라오는 이 질문을 직장인의 언어로 번역하자면 '그 결정, 어디다 쓸 건데?' 정도가 된다. 이제부터는 좀 본격적으로 달릴 태세를 갖춰야 '마땅할' 서른 전후의 직장인이 무려 퇴사를 해버린다는 결정은 이후의 삶에서 반드시 '쓸데 있는' 것이어야만 하고, 그간 모아 둔 몇천 만 원을 들여 결혼을 한다면 모를까 유학을 간다고 하면 그 유학, 다녀온 후에 기필

코 써먹을 데가 있어야 한다. 하지만 아무도 "저 취직하려고요."라는 말에 취직해서 뭐 하려고 그러냐 묻지는 않는다. "저 결혼합니다."는 말할 것도 없다. 입시, 취업, 결혼, 출산으로 이어지는 '모두의 궤도'를 이탈하려는 발걸음에 대해서만 유독 그 효용을 따지고 '다음'을 묻는다. 한 발이라도 잘못 디디면 '현실'이라는 급물살에 쓸려 내려가기라도 할 것처럼—"니가 아직 뭘 모르나 본데"—, 다음에 디딜 돌다리가 정확히 어디에 있는지 모른 채 퇴사를 하면 큰일이 나기라도 한다는 듯이.

이직을 결정하고, 천 번의 되새김질 끝에 가까스로 내뱉은 "저, 퇴사합니다."라는 말에 대한 주위의 첫 반응은 제각각이었다. 고생스런 시간을 함께 보낸 동료들은 일단 축하를, 이직 경험이 있는 선배들은 격려를, 느닷없는 날벼락을 맞은 상사는 말없는 우거지상을 보냈다. "축하해!" "대단한 걸?" '야 인마!!!!!' 하지만 짧은 감탄사 뒤에 모두가 묻는 것은 한가지였다. 그래서 뭘 하려고 그러느냐고.

아직 명함도 안 나온 새 직장에 가서 내가 무엇을 해내게 될지, 가서 일해 보기 전에 미리 알 수 있는 걸까? 앞으로에 대한 물음을 품고 떠나는 유학길에서 내가 어떤 나름의 답을 찾아올 수 있을지, 짐도 싸기 전에 알 수 있다면 굳이 왜 떠나는 걸까?

아무리 계획한 대로 안 되는 게 원래 인생이라지만, 지금의 세상에선 계획을 한다는 것 자체가 사치인 것만 같다. 워낙에 하루는 바쁘고 매일이 다르다. '나의 계획된 다음'에 대한 모범 답변을 갖고 있지 않았던 나는, 그저 "해 봐야 알 것 같아요."라는 멋대가리 없는 대답으로 질문자를 실망시켰다. 대화는 종종 그것이 얼마나 충동적이며 수지가 맞지 않는 일인가에 대한 대 토론과 나의 '플랜 없음'에 대한 깊은 우려로 이어졌다. 만일 '어떻게 그런 결심을 하게 됐어?'라든가 '왜 그런 생각을 하게 된 거야?'를 물었더라면 밤을 새워서라도 할 말이 참 많았는데.

나는 그때 내가 하려는 선택으로 인해 앞으로 무슨 일이 벌어질지, 얼마나 많은 밤을 후회로 땅을 칠 것인지, 내 10년 후 20년 후 커리어가 어떻게 달라질 것인지는 알 수 없었다. 하지만 수없이 스스로에게 던진 질문을 통해 그것이 그 순간 최선이라는 것만큼은 명확히 알고 있었다.

📁

사실 '뭐 할 건데?'라는 질문은 정말로 다음 이야기가 궁금해서라기보단 남의 인생살이에 대해 딱히 할 말이 없거나 어색해서 자동적으로 튀어나오는, 말하자면 '하우 아 유?' 같은 것일지도 모른다. 그렇다면 더더욱 굳이 멋들어진 답안지를 내놓을 필요도, 없는 계획을 설명하느라 진땀을 뺄 필요도 없지 않을까. '아임 파인, 땡큐' 하면 그뿐이다. 무엇보다 이 모든 상황에서 그 답이 제일 궁금해 미치겠는 건 그 길을 가려는 본인이다. 아마 결정의 순간에 이르기까지 참으로 많은 걸음을 탭댄스 추듯 왔다 갔다 했을 것이다. 그러니 논리 정연한 우려보다는 따뜻한 격려가 필요하다. 그 선택을 하기 위해 '천 번을 흔들렸다면', 완벽한 선택은 아닐지라도 그에 대한 책임을 스스로 짊어질 마음의 준비는 된 것이니까.

이상한 나라의 앨리스도, 무릉도원을 발견한 어부도, 하쿠나마타타의 심바도, 모두 가던 길을 잃고 '우연히' 접어든 길에서 인생의 역대급 장면을 만났다. 이삼십 대의 삶이란 그런 것이 아닐까. 지금 선택한 길이 정확히 어디로 향할지는 알 수 없지만, 일단 가 보지 않고는 결코 만날 수 없는 기회를 믿고 어쨌든 오늘의 한 발을 내딛는 것. 가던 길이 갑자기 땅으로 쑥 꺼지거나 전혀 예상치 못한 장애물이 솟아나도 '아임 파인' 하며 다시 새로운 길을 덤덤히 선택하는 것. 그러니 우리, 힘내서 길을 잃어 보자. "대체 뭐를 하려고 그러냐!"는 질문엔 정답이 없다.

02

그만두고 싶은가,
시작하고 싶은가

첫사랑에 실패해도 괜찮아요

: 미운 오리 첫 직장 놓아주기

직장인이 되기 전까지, 우리의 인생에서 대부분의 단계는 '한 번'으로 끝났다. 미취학 아동 한 번, 초등학생 한 번, 중·고등학생 한 번, 대학생 한 번. 간혹 대학을 두 번 이상 다닌다거나 학창 시절 이리저리 전학을 다니게 되더라도 어쨌든 일정 시간이 지나면 OO학생이라는 하나의 단계는 완전히 끝났고, 다시는 반복되지 않을 저마다의 단계에서 처음 보고, 듣고, 배우고, 만난 모든 것들은 각 단계에서뿐만 아니라 우리 인생 전반에 걸쳐 절대적인 가치와 기준으로 자리 잡았다. 처음 사귄 친구, 처음 먹어 본 피자, 처음 갔던 소풍, 처음 마셔본 커피, 첫 해외여행, 첫 키스. 몇 가지만 늘어놓아도 금방 깨달을 수 있듯, 모든 '처음'이 가지는 힘은 굉장히 세다.

그래서, 우리는 '첫 직장'을 쉽게 부정하지 못한다.

동화 〈미운 오리 새끼〉를 보면, 갓 태어난 새끼 백조가 처음으로 본 오리들을 자신의 가족으로 인식하고 본능적으로 따르는 모습이 나온다. 누가 봐도 자기만 딱 다르게 생겼는데 한 치의 의심도 없이 죽을힘을 다해 무리에 섞이려는 이 오리, 아니 백조의 사투는, 내가 태어나 처음 만난 직장이라는 이유로 그곳이 어디든지 간에 죽을힘을 다해 자신을 끼워 맞추려 애쓰는 직장인의 모습과 닮았다. 수없이 넘어지고, 좌절하고, 홀로 일어나 다시 넘어지는 순간조차 '멀쩡한' 직장을 부정하기보다는 잘 섞이지 못하는 스스로를 다그친다.

'남들은 어쨌든 멀쩡히 잘만 다니잖아. 왜 나만 이렇게 적응을 못해?'

'이제 와 다른 일을 해 보는 게 가능하긴 해? 지금 여기서도 벅차 죽겠는데.'

10년 전, 캐나다에서 만난 홈스테이 아줌마는 참 희한한 사람이었다. 당시 나이가 우리 나이로 환갑이었는데, '뭐 하는 분이세요?'라는 말에 대답할 수 있는 옵션이 상당히 다양했다.

우선 내가 홈스테이로 있으니 홈스테이맘이 직업이다. 그런데, 집 1층에 예약 손님을 받을 수 있는 1인용 미용실이 있었다. 미용사 추가. 취미로 요가와 드래곤 보트(카누와 비슷한 익스트림 스포츠의 한 종류)를 하셨는데, 사실 드래곤 보트는 취미라기엔 너무 본격적인 조직 운영 담당이었다. 그럼 그것도 추가. 가톨릭 신자였던 아줌마는 또 다니는 성당에서 용돈 정도를 받고 복지관 일을 도와주고 있었다. 복지사 업무 추가. 두 살 남짓한 손자와 그 또래 아이들을 봐 주고 있었으니 아이 돌봄 일 추가. 모두가 정확한 보수를 받고 하는 일은 아니었지만, 어쨌든 본인의 아이덴티티라 표현할 수 있는 직업이 다섯 개나 되었다. 옆방 브라질 친구는 또 어떤가. 스물셋이었던 그녀는 자기의 '현재 직업'은 영양사이며 그것에 꽤 만족하지만 '앞으로' 또 얼마나 다양한 직업을 갖게 될지는 모를 일이라고 했다.

그들에겐 공통점이 있었다. '나는 이런 (대단한) 일을 하는 사람이야'라는 명함을 한번에 만들기 위해 애쓰지 않았다는 것. 대신, '나는 이 일을 통해 어떤 사람이 되려 하는가'에 집중하고 있었다.

우린 시작이 너무 어려운 나라에 산다. 생각해 보자. 오늘의 내가 되기까지 내가 얼마나 애를 썼는지. 조금 전 치를 떨며 퇴근한 그곳에 출근하는 사람이 되기 위해 내가 얼마나 많은 날들을 생명을 깎아 가며 노력했는지. 우린 뭐, 직업 다섯 개 아니라 열 개라도 갖기 싫어서 안 갖나? 어려워서 그렇지. 무언갈 해 보고 그만두고 다시 시작할 수 있기까지의 과정이, 너무 말이 안 되게 힘들어서 그렇지.

학교건 직장이건, 들어가기가 너무 어려운 나머지 '일단 들어가는 것'이 모두에게 목표가 되어 버렸다. 들어가서 뭘 해 보고 싶은지, 이후엔 또 어떤 무엇을 시도해 볼 수 있을지 생각할 겨를도 없이, 일단 시작할

'자격'을 갖추는 것. 다음은 일단 모르겠고 저 출발선까지는 어떻게든 남들과 줄을 맞춰 서는 것.

이렇게 출발선이 결승점이 되어 버린 상황에서 우린 그 노력의 결승점—사실은 출발점—에서 만난 소중한 첫 직장에 집착한다. 학교는 그나마 들어가기만 하면 누군가 정해둔 끝이라는 게 있었는데, 직장에서는 내가 끝을 내야만 비로소 하나의 끝이 생긴다. 어딘가에 '힘들게 들어갔다'는 사실은 아이러니하게도 그러니까 그곳을 쉽게 나오지 못할 이유가 된다. 그래서, 일단은 과거의 공식대로 노력해서 얻어 낸 나의 첫 직장에 최선을 다해 나를 맞춘다. 다행히도 내가 그곳에 잘 들어맞는다면 좋겠지만, 몇 년을 참고 견뎌 봐도 여전히 불안하고, 불편하고, 불행한데 어쨌든 오늘도 그곳에 간다. 내가 노력했던 수많은 과거의 순간들과 현재의 인내력에 꾸역꾸역 기대 가면서. 마치 서로가 이미 아니라는 것을 너무 잘 알고 있는데도 첫사랑이라서, 같이 처음 해 본 것들이 너무 많아서 쉽게 헤어지지 못하는 연인들처럼.

따라가다 따라가다 지친 미운 오리는 우연히 연못에 비친 자신의 얼굴을 보고서야 비로소 눈물을 펑펑 터 뜨리며 깨닫는다. 아, 나는 다르구나. 나는 이곳과 어 울리지 않는구나. 그래서 내가 그렇게 힘들었구나!

우리는 혹 살면서 다른 이에게 뒤처지거나 내가 어울 리지 못한다는 생각이 들면 그것을 무작정 나의 잘못 인 것처럼 여기지는 않았을까? 진짜 내가 나의 둥지 에 있는 게 맞는지 한번 살펴볼 새도 없이, 지금도 그 저 다른 이들과 섞이기 위해 숨이 턱에 차도록 따라가 고 있는 건 아닐까?

풀숲에 숨어 가엾게 엉엉 울던 오리에겐 어디선가 기 적처럼 백조들이 다가오고, 그는 곧 자기가 사실은 '미운' 오리가 아니라 오리와는 '다른' 백조였다는 것 을 깨닫는다. 그러고는 진짜 자기의 무리와 함께 (아 마도) 오래오래 행복하게 살았을 것이다. 하지만 울고 만 있는데 하늘에서 갑자기 내 정체성이 뚝 하고 떨어 지는 그런 기적 같은 일은 현실에서는 거의 일어나지 않는다. 현실 속 미운 오리인 우리들은 나와 어울리는 곳, 내가 나답게 쓰일 수 있는 곳, 내가 나라는 이름표를 붙이고도 훨훨 날 수 있는 곳을, 내 스스로의 날갯짓으로 씩씩하게 찾아가야 한다.

앞서 말했듯, 처음은 세다. 무시할 수가 없다. 아마 직장생활을 계속하는 한 첫 직장에서의 기억, 배움, 습관, 사람 등등은 평생 우리를 꼬리표처럼 따라다닐 것이다. 그러나 첫사랑에 실패했다고 해서 앞으로의 인생 전부의 사랑이 다 망해 버린 것은 아니듯, 첫 직장이 나와 맞지 않음을 깨달았다고 해서 내 커리어 전부가 망한 것은 아니다. '날카로운 첫 직장의 추억'은 직장인의 운명을 결정지을 수 없다.

첫사랑과 헤어져도, 괜찮습니다.
사랑은 반드시 또 오니까요. 어쩌면, 더 끝내주는 사랑을 할 수도 있습니다.

끝사랑을 아직 만나지 못했어도, 조급해할 필요 없어요.

우리는 앞으로도 계속, 사랑을 할 거니까.

직장생활을 계속하는 한 첫 직장에서의

기억, 배움, 습관, 사람 등등은

평생 우리를 꼬리표처럼 따라다닐 것이다.

그러나 첫사랑에 실패했다고 해서

앞으로의 인생 전부의 사랑이 다 망해 버린 것은 아니듯,

첫 직장이 나와 맞지 않음을 깨달았다고 해서

내 커리어 전부가 망한 것은 아니다.

여기가 아닌 어딘가는, 어디에도 없을지 모른다
: 그만두고 싶은가, 시작하고 싶은가

일반적인 회사엔 크게 두 가지 종류의 부서가 있다. 돈을 버는 부서와, 돈을 쓰는 부서. 돈을 버는 부서란 간단히 말해 영업 현장에서 회사의 매출을 올리는 일을 하는 곳이고, 돈을 쓰는 부서는 그것을 마케팅 활동에 투자하고 인력, 재무 등을 관리하며 회사를 경영하는 일을 하는 곳이다.

갑자기 무슨 회사 전문가라도 되신 양 이런 재미없는 얘기를 꺼낸 이유는, 내가 이직을 결심했던 계기에 대해 말하고 싶어서다. 스물다섯, 나는 돈을 버는 부서에 입사했다.

"네! 저는 회사의 최전방에서, 회사의 대표 선수로 일하는 것이 좋습니다!"

멋도 모르고 영업직에, 그것도 그 빡세다는 소비재 유통업에 발을 뻗으며 나는 이렇게 큰소리쳤다. 무식하면 용감하다더니. 헌데, 나의 저 허세는 사실 95%쯤 진심이었다. 영업? 사람 만나는 일 아냐? 나보다 나이도 한참 많을 테고 성격도 한참은 더 셀 아주머니, 아저씨들과 침, 눈물 튀겨가며 복닥복닥 일하는 거 아냐? ……쯤의 낭만을 가졌던 나는, 가슴에 손을 얹고 '난 뭐 할 때 행복할까'를 고민하던 취준생은, 사람이라는 키워드 하나만으로 영업이라는 직업과 나를 맘대로 엮고는 그것을 찰떡같이 믿어 버렸다.

모두가 예상할 수 있을 만큼의 희로애락을 지나고, 깨달았다. 영업은 과연 최전방 보병이 맞았다. 그런데, 그것은 영업이라는 직업의 '성격'이지 '본질'은 아니었다. 영업의 본질은, 돈을 버는 것. 말하자면 비즈니스였다.

나는 내가 회사에 돈을 벌어다 주는 사람인 게 싫었다. 무슨 소리? 회사원이 그럼 회사 돈을 벌지 자기 돈을 버나? 맞다. 정확히 말하면, 그것이 '코어core'가 되는 일을 하고 싶지 않았다. 당시 동료 중에는 영업에 걸맞게 철저히 '결과 지향'적인 친구들이 많았다. 대부분 대학에서부터 경영을 공부했거나 관련 학회를 했던 그들에게는 매달 따박따박 나오는 실적이 곧 강한 동기가 되었고, 현장에서 일을 열심히 배워 나중에는 컨설팅 회사로 옮기거나 자기 사업을 꾸리겠다는 멋진 꿈도 꾸고 있었다.

안타깝게도, 내겐 그 결과를 얻기 위해 거쳐야 하는 과정들이 훨씬 더 내 것 같았다. 나를 쳐다도 안 보는 바이어를 설득하기 위해 가슴에 빵꾸가 나게 고민하던 시간들이라던가, 하루에도 수십 건씩 터져 나오는 이슈들을 쳐내기 위해 사람들과 밀도 높은 소통을 해야 하는 것이라던가, 매장 여사님들의 고맙다는 한마디에 나도 누군가에게 보탬이 되는 인간이구나, 느낀 순간이라던가. 나에게는, 내가 '무엇을 얻기 위해 일하는지'보다 '어떤 일을 하는 사람인지'가 훨씬 더 중요했다.

보기 참 멋지고 벗기 아쉽지만 내게 어울리지 않는 옷. 한 땀 한 땀 처음부터 재단해야 하지만 내게 꼭 맞을 옷.

나는 선택을 했다.

퇴사 면담을 하면서 나를 이래저래 회유하려는 상사에게 나는 말했다. 나도 내가 여기 남았으면 좋겠어요. 당신이 말하는 이곳의 장점들에 이젠 내가 더 익숙해서. 지금 내가 할 수 있는 가장 쉬운 결정이 바로 여기 남는 거예요. 그런데, 이곳엔 내가 지금 가슴이 타도록 하고 싶은 '그 일'이 없어요.

사실 퇴사를 고민할 때 수없이 쏟아지는 그만두고 뭐

할 거냐는 질문에 반드시 멋들어진 대답을 내놓을 필
요는 없다. 죽을 것 같으면, 죽기 전에 때려치우는 게
맞다. 그런데, 잠깐 생각해 보자. 나는 지금 무언가를
그만두고 싶어 미치겠는가, 아니면 무언가를 해 보고
싶어 미치겠는가.

'일이 나와 맞지 않는다'는 덩어리진 생각에서 '나는
내가 일을 하며 충만함을 느꼈던 과정, 즉 '커뮤니케이
션'이 바로 본질이 되는 일을 하고 싶다'고 보다 명료
한 진단을 내릴 수 있게 된 것은, 내 일의 어떤 부분이
나를 이렇게 힘들게 하는지, 그 부분이 해결되려면 어
떤 변화를 주어야 할지 고민의 주름이 닳도록 만지고
다듬고 탈탈 털어 본 후였다.

여전히 사람들과 함께 일하고 싶었다. 다만, 그들에게
서 매출보다는 공감을 얻는 사람이고 싶었다.

📁

일본 소주 '니카이도'의 인쇄 광고 시리즈 중에 이런 카피가 있다.

  '여기가 아닌 어딘가'라고 말하는
  자신의 '어딘가'는 어디에도 없는지도 모른다*

요즘 말로 '뼈 때리는' 얘기다. 우리는 혹 무의식중에 '여기만 아니면 어디든 좋겠지'라고 생각하고 있는 건 아닌지. '내게 꼭 맞는 어딘가야 뭐 어딘가에 있겠지' 하는 편한 생각으로 오늘의 고민 또한 어딘가로 미루고 있는 건 아닌지.

흔히 '하고 싶은 게 없어서' 혹은 '배운 풍월이 이것뿐이라' 그 어딘가에 가지 못한다는 말을 많이 한다. 나는 그게 왜 나쁜 건지 묻고 싶다. '가지 않은 길'에 대한 총천연색 환상을 품고 끝없이 어딘가, 어딘가에 핑계를 주는 쪽보다는, 마침내 가고 싶은 길이 보일 때까지 주어진 현재에 최선을 다하는 당신이 백 번 낫다.

'좀 더 내게 맞는 일을 하고 싶어'라고 말하면서,

별로 하고 싶은 일 따위 없는 자신을 깨닫게 되곤 한다*

오늘 당장, 하루빨리, 여기가 아닌 어딘가로 가고 싶다면 스스로의 마음에 한번 물어보자. 그 '어딘가'가 혹시 '아무 데나'는 아닌지.

이직은 그 자체가 목적이 되어서는 안 된다. 이직은 잘 고민한 목적을 위한 수단이어야만 한다. 내가 무언가를 해 보고 싶어 미치겠을 때, 이직에 대한 확신은 찾아온다. 만일 지금 원하는 것이 '여기만 아니면……' 혹은 '그 어딘가……'와 같이 애매하다면, 내 고민엔 시간이 더 필요하다.

* 출처: http://blog.naver.com/closetoyou81

< 메모

내가 무언가를 해 보고 싶어 미치겠을 때,

이직에 대한 확신은 찾아온다.

만일 지금 원하는 것이 '여기만 아니면……'

혹은 '그 어딘가……' 와 같이 애매하다면,

내 고민엔 시간이 더 필요하다.

당신이 사표를 쓰기 전에 써 두어야 할 것

: 벼랑 끝에서 잡고 견딜 '단 하나'를 남겨둬라

이직 후, 나처럼 회사를 옮기거나 그만두려는 친구들이 종종 나를 찾아왔다. 다들 힘들게 큰 결심을 했지만, "여긴 천당, 바깥 지옥"이라는 주변의 만류(정확히는 여긴 '덜 지옥')에 혼란을 겪고 있었다. 그것이 그저 가벼운 칭얼거림이 아닌 이상, 대부분 나는 두말없이 그들의 결정을 지지해 준다. 뭐 큰일 날 일이라고. 아무런 대안 없이 휙 그만두고 마는 결정도 그만의 의미가 있을진대, 이미 다른 갈 곳 혹은 할 일을 정해 둔 사람을 굳이 그게 최선이냐며 끌어앉힐 필요가 무엇이 있나. 약간의 파이팅이 오간 후, 공통 질문으로 내게 '옮기니까 좋아?' '거긴 더 낫지?' 등을 묻는다. 아마 '응! 옮기니까 대빵 좋아. 지옥이 아닌 곳도 있긴 있더라구!' 하는 대답을 통해 본인의 결심에 대한 확신을 얻고 싶어서일 것이다. 나는 대답한다.

아니! 여기도 전쟁이야. 다만, 나는 내가 왜 이 전쟁을 하는지 알아.

기대하지 않았던 답을 들은 상대는 일단 멈칫한다. 나는 이어 묻는다. 본인이 그곳으로 가려는, 혹은 가야만 하는 가장 큰 이유를 알고 있느냐고. 이것은 결정의 옳고 그름을 따지려는 것이 아니다. 정말 묻는 것이다. 지금부터 하려는 선택을 통해 본인이 최소한 무엇을 얻고자 하는지, 무엇보다 그에 대해 스스로 분명히 인지하고 있는지를.

변화에 대해 내가 기대하는 '최소한'을 알고 있다는 것은, 어느 날 나의 새로운 전쟁터에서 마음이 미친 듯이 널을 뛸 때 붙잡고 견딜 한 가지가 있다는 뜻이다. 그것은 결국 그 생활을 얼마나 지속할 수 있는가의 문제다. 그러니 발을 떼기 전에 미리 질문해 보자는 거다. 이 결정에 있어 내게 '가장 중헌 것'은 무엇인지. 최소한 연봉이라도 맘에 들게 받는다든가, 최소한 배울 것이 있는 곳이라든가, 최소한 저녁이 있는 삶이 보장된다든가, 최소한 그 XX 같은 또라이는 없어야 한다든가. 그것이 어떤 것인가는 중요치 않다. 당신이 그렇다 생각했으면 그런 거다. 다만, 그 이유를 자신이 분명히 알고 있는가는 중요하다.

이래저래 어지러운 회사 환경 때문에 힘들어하던 친구에게 해 주었던 말이 있다. 어렵겠지만, 최대한 주변 상황에 일희일비하지 않도록 노력해 봐. 안 그러면 이리저리 휘청이느라 원래의 몫보다 더 많이 힘들지도 몰라.

진짜 위험한 건 일비─悲 보다는 일희─喜다. 사회에서의 시간이 어느 정도 쌓이면, '일비' 하지 않는 데엔 조금씩 굳은살이 붙는다. 워낙에 맘 같지 않은 일들로 가득한 것이 사회생활이니까. 그런데 문제는, 그러다 보니 어쩌다가 내 맘처럼 풀리는 작은 사건에 너무나 쉽게 '일희' 하게 된다는 데 있다. 어, 좋아하는 게 왜 나빠? 일반적인 상황이라면 나쁠 게 없다. 하지만, 당신이 변화를 준비하고 있었다면 사실 기준 없는 '일희'는 독이 될 수 있다.

마음속에 내 변화에 대한 명확한 이유 하나가 없으면, 아무리 견고한 결심의 둑을 쌓았더라도 잠깐의 달달한 상황 한 번에 와르르 무너지기 쉽다. 그러고는, 신기하게도 불과 조금 전까지 지옥 같았던 이곳이 어쩐지 조금 괜찮게 느껴지는 것이다. 이 정도 힘든 건 어딜 가나 마찬가지 아니겠어? 뭐…… 생각해 보니 여기도 나쁘진 않은 것 같아. 그리고 얼마 지나지 않아, 당신은 예의 그 지옥 같은 이유로 또다시 무너진다. 내가 왜 그때 움직이지 않았을까를 후회하면서.

지금 당장 힘들게 느껴지는 모든 크고 작은 상황들을 '내가 이걸 그만두어야 할 이유'에 갖다 붙이지 않

은 당신은, 속으로부터 꽝꽝 잘 단련된 강호의 고수
다. 그렇게 현재를 잘 견디며 맹렬히 고민해서 찾아낸
나만의 이유는, 내 안에서 단단한 뿌리와 같은 역할을
한다. 예를 들어 내가 선인장인 걸 알게 되었다면, 선
인장에 영향을 주는 환경에만 신경 쓰고 대처하면 된
다. 내가 선인장인데 꿀벌이 오지 않는다고 조급해하
거나 나랑 상관도 없는 옆동네 비 소식에 일희일비할
일은 없는 것이다. 총알이 빗발치는 전쟁터에서 내가
왜 이 전쟁을 하고 있는지도 모른 채 날아오는 모든
공격에 휘청인다면, 또다시 이래서 힘들고 저래서 그
만두고 싶은 과거를 반복하게 될지 모른다.

그 어떤 강심장이 그 어떤 꽃길로 자리를 옮기더라도
언젠간 반드시 후회를 하든, 이전보다 더 큰 시련이
닥치든 어쨌거나 '나 어떡해!' 하며 벼랑 끝으로 몰리
게 될 순간은 온다. 그때, 이럴 줄 알고 미리 탄탄히 준
비해 둔 나만의 무적 방패를 꺼내 들자. 내 마음이 나
락으로 떨어져 버리지 않도록 나를 꽉 잡고 버티게 해
줄 그것, 그 어떤 풍랑을 뚫고 가다가도 가끔 돌아보

며 안심할 수 있게 해 주는, 나만의 소중한 이직 이유.

그것이, 당신이 사표를 쓰기 전에 마음속에 먼저 써 두어야 할 한 줄이다.

퇴사한 그 애는 꽃길만 걷고 있을까

: 이직에 대한 몇 가지 오해

"야, 너 얼굴 진짜 좋아졌다."

오랜만에 만난 그녀는 진지한 눈빛으로 내 얼굴 여기 저기를 뜯어보았다.

"얘 표정 핀 것 좀 봐. 역시, 회사를 나가니까 얼굴 빛 깔이 딱 달라지네."

어, 그럴 리가 없는데. 며칠 밤을 샜고, 스트레스에 아 무거나 막 주워 먹었고, 그놈의 막내를 또 하느라고 마음이 꼬질꼬질 말이 아니었는데.

"너 OO님 알지? 그래, 그 XX 회사 가신 분. 지난주에 우연히 마주쳤는데 역시나, 얼굴에서 광이 나더라 광 이. 역시, 회사를 나가니까……!"

예전 직장 근처 카페에 앉아 한참을 부러움 섞인 그녀 의 '역시나……!'를 듣고 있는데, 지나가던 또 다른 동 료가 크게 아는 체를 했다.

"어머, 이게 누구야? 얼굴 지인짜 좋아졌네~ 못 알아

볼 뻔했잖아!"

집으로 가는 길, 지하철 출입문에 비친 내 모습을 바라보았다. 그래, 몰라볼 수도 있었겠네. 웬 시커먼 팬더가 하나 어둠의 기운을 뻗치며 서 있었으니. 역시나……! 난 또, 기대했잖아요.

퇴근길 회전문을 밀고 나오면서부터 느껴지듯 조금만 회사를 벗어나도 얼굴이 좋아지기는 한다. 단 며칠의 휴가만으로도 우린 얼굴에 마스크팩 열 장쯤의 물광 효과를 줄 수 있다. 종일 한 자리에 새우처럼 오므려 앉아 긴장 타지 않아도 되고, 입술이 곶감처럼 허옇게 일어나는 건조함에 눈을 부릅떠 가며 모니터를 노려보지 않아도 되고, 무엇보다 툭하면 내 안의 악마를 흔들어 깨우는 그 인간을 안 봐도 되고.

그러나 그 '물오른 얼굴'은 잠시나마 우리를 괴롭게 하는 업무 환경과 스트레스로부터 멀어졌기 때문이지, 반영구적 '이직 리프팅 효과'는 아니다. 지난달 퇴사한 김 대리는 드라마 속 도깨비처럼 영원불멸의 불로소득자로 변신한 것이 아니라, 오늘부터 또 다른 회사의 김 과장이 되어 폭풍 야근을 했다. 이직은 말 그대로 이 회사를 나가 저 회사로 가는 것이다. 아마 당신의 옆자리엔 저 회사를 떠나 이 회사로 온 동료도 있을 것이다. 그의 목적지가 어디이건, 앞으로의 걸음걸음에 어떤 어려움이 놓였건, 이직자의 뒷모습은 이곳의 현실을 즈려밟고 떠났다는 사실 하나로 그저 아름답게만 비춰진다.

패기 넘치게 입사한 새로운 회사에서의 첫 1년. 나는 매일 새롭게 넋이 나갔고, 너무 졸렸고, 자주 숨이 턱 막혔고, 무엇보다 미치게 외로웠다. 걱정했던 동기들과의 나이 차는 정작 별 문제가 되지 않았는데, 문제는 경험의 시차에 있었다. 주변 동기들이 신나게(?)

야근을 마치고 삼삼오오 모여 서로의 낯선 기쁨과 슬픔에 대해 한풀이를 할 때, 이미 가슴 쫄리는 신입부터 마의 3년 차까지를 지나온 나는 아무도 대답해 줄 수 없는 고민들을 혼자서 잘근잘근 씹어야 했다. 두 번째 신입사원이자 이직 1년 차, 그리고 직장인 4년 차라는 '듣보잡' 정체성을 가지고 있었던 탓에 나의 고민들에도 딱히 이렇다 할 근본이 없었다. 속 모르는 친구들은 그저 어깨를 도닥도닥해 줄 뿐이었고, 어쩌다 선배들에게 주섬주섬 속내를 털어놓으면 '아직 고민할 연차 아니다'라는 대답과 '그쯤은 각오하고 선택한 거 아니냐'는 대답이 번갈아 돌아왔다. 특히나 광고 회사라는, 신입이라면 으레 '똘끼' 충만해야 하는 곳에서 늘 입만 열면 고민 타령인 참 재미도 없는 신입사원은 때때로 쉽게 '진지충'이 되었다.

모두의 부러움과 우려를 등에 지고 온 당시의 나는 꽃길은커녕 사방이 장애물인 진흙길을 유격 자세로 기고 있었다. 그 길이 더 빨라서도, 스릴 넘쳐서도 아닌, 다만 내가 선택한 길이라는 이유로.

'이직을 했으니 당연히 얼굴이 좋아지겠지'라는 생각은 그것이 적어도 '본인의 선택'이라는 사실에 근거한다. 그래도 난/넌 하고 싶었던 일을 하게 됐잖아. 그러니까 죽지 못해 일하는 지금보단 낫겠지.

퇴사와 이직이 맞물리는 그 시점에서만 보자면 맞는 이야기일 수 있다. 밤새 고열과 오한에 시달리다 새벽같이 달려가서 해열제 주사 한 방 딱 맞은 것처럼, 사표를 딱 던지는 순간엔 그간의 고생이 일시에 녹아내리며 앞으로는 뭐든 다 해낼 수 있을 것만 같은 기분이 된다.

하지만 우리가 살면서 선택한 것들이 항상 그래 왔던 것처럼, 이직이라는 선택도 모든 고민을 해결해 주는 마스터 키가 되지는 않는다. 뽀얀 새 연봉계약서에 사인을 하는 순간, 그것은 이야기의 끝이 아니라 지금부터 새롭게 써 나가야 할 또 다른 긴긴 챕터의 시작이다. 오히려 누구를 탓할 수 없기 때문에, 아무도 등 떠밀지 않은 압박 열차에 올라 스스로를 채찍질한다. 쌓인 연차가 높을수록, 연봉이나 대우를 더 좋게 받고 간 사람일수록, 어느 정도 적응이 될 때까지는 주위와 본인 스스로의 기대치로 인한 부담감에 얼굴이 패인다.

무조건 이 회사를 그만두기만 하면 얼굴이 꽃같이 필 거라는 생각은 위험하다. 이직의 진짜 의미는 어떤 한순간이 아니라, 앞으로도 내가 하루하루 쌓아가야 할 착실한 시간에 있기 때문이다.

오늘 또 퇴사자 송별회. 그래, 나만 빼고 다 나가라!

언니의 카톡은 단단히 뿔이 나 있었다. 10년이 넘는 직장생활 동안 퇴사자를 한두 명 봤겠냐마는, 여전히 함께 일하던 누군가의 퇴사길은 남은 이의 퇴근길을 한숨짓게 하는 것이었다.
직장인으로서 이 회사 말고도 '갈 데'가 있다는 사실은 일단 부럽다. 남겨진 나의 책상이 한없이 초라해 보이기도 한다. 그렇기에 누군가의 이직 소식이 들릴 때면, '잘난 사람들은 다 나가고 나만 남는다'는 자조 섞인 농담도 따라 들린다. 괜찮아, 언니는 임원 될 거 야. 나는 그녀에게 그렇게 버티는 당신이 더 대단하다 며 씨알도 안 먹힐 소리를 했다. 헌데 그건 위로가 아 니라 진심이었다. 새 둥지를 찾아 떠나는 것만큼이나, 온갖 풍파를 이겨 내며 하나의 둥지를 지키는 것에도 어마무시한 능력이 필요하다. 그것은 단순히 '자리'를 지키는 것을 넘어 끝없는 자기계발과 꾸준한 동기 부 여를 통해 직장에서의 '자존감'을 지켜 내는 문제이기 때문이다. 오히려 우리 주변에 '저 사람이 대체 어떻게 경력으로 왔을까' 싶은 생각이 드는 '월급 루팡'들이 꽤 많은 걸 보면 [이직 성공 = 대박 능력자]라는 공 식은 검산이 좀 필요하다.

오늘 송별회의 주인공도 곧 새로운 곳에서의 자신을 지키기 위해 고군분투해야 할 것이다. 결국 능력자의 기준이란 어디서 일하느냐가 아니라 어떻게 일하느 냐의 문제다.

이직에 대해서 일반적으로 가장 쉽게 품는 오해는 그것이 반드시 'jump up'이라야 한다는 것이다. 더 많은 돈, 더 높은 직위, 더 큰 영향력 등 '회사원으로서의 성공'을 직장생활의 목표로 삼았다면 더욱이. 하지만 이직이란 'jump up'이라기보다는 'change'다. 더 높은 점수를 따기 위한 모두의 필수 과목이 아니라, 더 맞는 삶으로 변화하려는 개인의 선택인 거다. 설사 같은 목표를 지녔다 해도, 그것을 이루기 위한 과정은 제각각이다. 어떤 산업 분야를 두루 거쳐 갈 것인가, 어떤 직무들을 경험해 볼 것인가, 어떤 환경에서 일하고자 하는가 등에 따라 각자의 커리어는 모두 다른 변곡점을 그린다.

누군가 '회사 옮겨 보니 어떻더냐'고 물으면 나는 이렇게 대답한다. 회사가 아니라, 삶의 색깔을 바꾼 거라고. 에세이를 쓰고, 강연을 하고, 칼럼을 기고하고, 책을 쓰고…… 언젠간 꼭 해 보고 싶었지만 너무나 막막하고 멀게만 느껴졌던 모든 일들이, '비즈니스맨'에서

'크리에이터'로 방향 전환을 한 이후 어느샌가 내가 걷고 있는 길 위에 자연스레 놓여 있음을 알게 되었다. 이제는 일이 힘들 때라도 더 이상 '한번 때려치우고 왔는데 또 때려치우고 싶으면 어떡하지!' 하며 전전긍긍하지 않는다. 여전히 얼굴이 좋아졌다가 푹푹 썩어 들어갔다가 하는 사이, 내 안에는 '직장인 몇 년차'가 아닌 '생각하고 표현하는 사람'이라는 새로운 정체성이 자리 잡았다.

만일 오늘의 내가 전에 비해 썩 괜찮은 얼굴빛을 하고 있다면, 그건 이직 적응기가 끝나서가 아니라 아직은 뚜렷하진 않아도 내 색깔을 찾아가고 있다는 확신이 있어서다. 앞으로 뭐가 되려고 그러는지는 모르겠지만, 그러한 삶의 색깔 안에서 또 다른 일들을 해낼 수 있겠다는 믿음이 있다. 열심히 무거운 하루하루를 들어 올리고 있는 스스로의 근육이 뿌듯하다. 이직은 과정이다.

무조건 이 회사를 그만두기만 하면

얼굴이 꽃같이 필 거라는 생각은 위험하다.

이직의 진짜 의미는 어떤 한 순간이 아니라,

앞으로도 내가 하루하루 쌓아가야 할

착실한 시간에 있기 때문이다.

후회가 나쁜 거야?

: 이직 후 당신을 가장 아프게 하는 것

첫 직장을 나올 때, 평소 존경하던 부장님이 날 불러 말씀하셨다.

"자네, 나간다구?" (그분은 꼭 후배들을 자네,라고 불렀다.)

"예."

"응, 그래. 자넨 어딜 가든 잘할 거야. 아쉽구만."

이미 수많은 걱정, 조언, 참견, 오지랖 등등에 지쳐 있던 내게 그분의 담백한 말씀은 단비 같았다. 그런데, 그분은 한마디를 더 하셨다.

"한 번 옮기는 건 괜찮아. 대신 거기 가서는 오래 있으라구."

오래 있으라구. 오래 있으라구. 오래 있으라구 라구 라구 라구⋯⋯.

아하, 일단 크게 갈아엎었으면 다음엔 오래 버텨야 하

는 거구나. 사회에 나온 지 3년이 되었지만 여전히 어렸던 나는, 직장생활 만렙쯤으로 보였던 그분의 말씀을 막연히 마음에 담았다.

새로 옮긴 곳에서의 첫 보스는, 하필 우리가 상상할 수 있는 모든 '최악의 직장상사'를 누군가 너무나 훌륭한 솜씨로 잘 섞어 빚어놓은 듯한 사람이었다. 그에게 팀원들은 회사의 직원이 아니라 본인의 직원이었고, 카드를 던지며 자잘한 사적 심부름을 시키는 건 예사였으며, 아무런 할 일이 없어도 원 팀 원 스피릿으로다가 다 같이 밤을 새우는 것을 자랑스럽게 여겼다. 여러 공모전과 동아리를 거치며 자연스레 광고 대행사에 입사한 또래들과 달리 스물여덟이 되도록 광고의 '광'자도 몰랐던 나는 회의 때마다 매번 말도 안 되는 것들을 허둥지둥 꾸려 가기 일쑤였고, 그런 내게 그는 모두가 보는 앞에서 얼굴이 확 달아오를 만큼 창피를 주거나 야근 뒤 이어진 술자리에서 폭언을 했다. 어디서나 내 할 말 당당히 할 수 있고 나의 일 너의 일이 명확했던 외국계 회사 문화에 익숙했던 내게, 받아들이기 힘든 상황을 그저 당연하게 참아야 하고 연차가 밥 먹여 주는 문화가 극대화된 곳에서의 하루하루는 그야말로 지옥이었다. 아주 정신을 차릴 수가 없었다.

하지만, 난 후회를 하지 않았다.
아니, 할 수가 없었다. 내가 두고 온 게 얼만데. 내가, 지금 이 지옥의 한 부분이 되기 위해서 뭘 버리고 왔는데. 나는 괜찮아야 했다. 후회란 걸 하는 순간, 내가 뒤로 하고 온 모든 것들이 아까워 죽어 버릴지도 몰라서. 지금 생각해 보면 힘든 게 너무나 당연했을 객관적 상황에 처해 있었는데도, 나는 힘들어하지 않기 위해 더 힘들게 이를 악물었다. 나의 이직은 보통의 경우처럼 연봉이나 기타 처우를 개선한 것이 아니었기에, 내가 붙잡고 버틸 수 있는 단 한 가지는 '내 선택이 옳았어!'라는 나의 확신밖에는 없다고 생각했다. 그런데 내가 후회를 어떻게 해. '돈이라도 더 많이 받잖아' 혹은 '회사 문화라도 더 좋잖아'라고 나는 말할 수가 없는데. 그럼 최소한 '난 내가 원해서 여기 왔잖아!' 라고는 말해야 할 것 같았다. 그렇게 이직 후 약 1년 동안 나는 남들 다 겪는 이직 스트레스에 내가 만든 스트레스까지 얹어 싸웠다. 여기서는, 오래 버텨야 한 댔으니까.

내가 왜 그랬지?

누군가 내게 세상에서 제일 무서운 말을 꼽으라고 한 다면 나는 이것이라 말하겠다. 아무리 힘들어도 남 탓, 환경 탓 하면 그나마 좀 나은 기분이 되는데, 한순 간에 내가 처한 모든 힘든 상황을 전부 내 탓으로 만 드는 마법이 있으니 바로 후회다. 한번 빠지면 정말 이지 답도 없는. 저 당시의 나로 말할 것 같으면, 후회 에 있어선 만렙 역대급 보스급이었다. 아주 '제대로 후 회하는 법'이라는 책도 쓸 수 있을 만큼. 후회 안 했다 며?는 개뿔, 사실 후회하지 않으려고 노력했다는 것 자체가 이미 엄청나게 후회하고 있었다는 반증이다.

가슴이 새카맣게 탔다. 모두가 말렸는데, 내가 우겨서 한 선택이니까 누굴 탓할 수도 없었다. 후회를 할 수도 없고 안 할 수도 없어 매일 우기지상을 썼다. 성공한 광고인이자 작가인 박웅현 CD의 '설사 잘못된 결정이었다고 해도 좋은 결과를 이루어 옳은 결정이 될 수 있도록 하라'는 말만 주문처럼 외우며 견뎠다. 그래서 지금은? 더 이상 후회하지 않게 되었는가?

나는 매일 후회한다.

아오, 좀 일찍 일어날걸. 어떡해, 너무 놀았어! 회의 준비 다 못했는데. 망했다! 내가 왜 그랬지?

하루에도 골백번씩 이랬다 저랬다 하며 자괴감에 빠졌다가 가슴을 쳤다가 또 금세 설렜다가 하는 롤러코스터 같은 일상을 산다. 그런데, 더 이상 나를 롤러코스터에 태운 '그 결정'에 대한 후회는 하지 않는다. 어떻게 벗어날 수 있었느냐고? 참 힘 빠지게도 답은 시간이었다.

과거의 선택이 과연 옳았느냐 틀렸느냐를 붙잡고 전전긍긍하는 나의 후회들 사이로, 오늘치 시간이 침

착하게 지나갔다. 내가 후회를 하거나 말거나, 어쨌든 새로운 현실을 하루하루 살아내는 동안 '경험'이라는 시간이 쌓였다. 그러다 어느 순간, 내가 결정을 내리기까지 열심히 했던 고민과 물음들이 점차 자기들의 답을 찾아가는 것이 보였다. 애써 후회하지 않아도 좋을 이유를 생각해 내 갖다 붙이지 않아도, 자연스레 깨닫게 되는 순간들이 반복되었다. 그렇게 나는, 내 선택은 헛된 것이 아니었음을 스스로 알게 되었다.

누군가 말했다. 과거는 옥X크린이라고. 힘들었던 건 깨끗이 빨아 없애고, 좋았던 기억들만 컬러풀하게 점점 더 선명하게 만들어 우리를 죄어 온다고. 자신의 인생에 있어 꽤 중요한, 그리고 때론 고통을 수반한 결정에 대해 우리는 그 결정이 옳았음을 빨리 확인받고 싶어 한다. '1도 후회하지 않는' 이후의 삶을 통해서. 하지만 나는 대부분의 선택은 51:49라고 믿는다. 내가 이 선택을 한 것은 이것이 '2'만큼 더 좋았기 때문이지 이것이 저것을 99만큼 압도해서가 아니었을 것이다. 그러니 그 선택에 49만큼의 후회가 따라오는 것은 자연스러운 게 아닐까. 자꾸만 포기한 무언가가 생각나도, 그래서 어느 밤엔가 후회가 가슴에 사무치더라도, 억지로 후회하지 않으려 애를 쓰거나 후회한 것을 후회할 필요는 없다. 스스로를 조금 더 믿고 기다려 보자. 우리는 충분히 고민했고, 그 선택은 헛되지 않았다. 우리의 시간이 그것을 증명해 줄 것이다.

다시 그때의 나를 만날 수 있다면, 안쓰러운 내게 꼭 해주고 싶은 말이 있다.
후회해도 괜찮아.
후회는 나쁜 게 아니야. 맘껏 후회해.
후회를 한다고 해서, 네 선택이 틀렸던 게 아니야.

'더 좋은 회사'란 있는 걸까

: 누구에게나 좋은 회사는 없다

"아니, 대체 왜 그런 회사를 때려치우고 이런 회사엘 왔어?"

다시 신입사원이 되고 얼마 지나지 않아, 나는 내게 주변을 뜨악하게 하는 재주가 있음을 알게 되었다. 새롭게 마주치는 사람들은 종종 이 나이 많은 신입의 정체를 궁금해했는데, 내가 나의 '과거'를 고백하는 순간 모두의 얼굴은 놀란 사다리꼴로 변했다. 거기에 내가 어떤 생각으로 직업을 바꾸었는가까지를 덧붙이면, 이번엔 다들 세상 짠하다는 얼굴이 되어 혀를 찼다. 어쩌니, 여긴 니가 생각하는 그런 곳이 아닌데. 뭘 상상했든, 그 이하를 경험하게 될 것이다. 쯧쯧. 웰컴 투 헬.

나는 적잖이 당황했다. 이상하다, 이전 회사의 사람들은 모두 이런 회사를 떠나 그런 회사에 가는 걸 부러워했는데. 왜 그런 회사에서 만난 사람들은 이런 곳엘 뭐 하러 왔느냐며 내가 떠나 온 그런 회사를 아쉬워하는 걸까. 이렇고 그렇다는 말들 속에서 혼란스럽긴 했지만, 나는 흔들리지 않으려 노력했다. 뭐든지 남의 떡이 커 보이는 법이니까. 그래, 어디든 본인이 있는 곳이 제일 지옥인 거니까.

자꾸만 불쑥불쑥 튀어나오려는 불안을 꾹꾹 눌러 가며 중심을 유지하기 위해 애쓰던 내가 마침내 흔들렸던 건, 두 번째 회사의 동기들이 하나둘 이직을 하면서부터였다. 내가 이 직업을 선택하기 위해 뒤로 하고 온 가치들을 향해 떠나가는 친구들과 그들을 부러워하는 또 다른 친구들을 보며, 잘 굳힌 줄로만 알았던 마음은 요동쳤다. 오래 뭉갰던 질문이 툭 삐져나왔다. 그러게, 나는 왜 그런 회사에서 이런 회사로 왔지?

1. 그런 회사

첫 회사는 좋은 회사였다. 사실 지금 와서 좋았다고 느끼는 것들의 대부분이 이직을 하고 나서 부딪힌 '좋지 않은' 것들을 통해 반사적으로 깨달은 것들이긴 하지만, 어쨌든 다니고 있는 동안에도 그 회사가 '객관적으로' 좋은 회사의 조건이라 불리는 여러 가지를 갖고 있다는 건 알고 있었다. 이를테면 이런 것들. 체계적인 의사 결정 시스템, 서로 간에 분명한 역할과 책임, 능력과 성과에 따른 확실한 보상, 단 하나의 예외를 허용하지 않는 칼 같은 원칙, 1일 차 인턴도 할 말을 하는 수평적 문화. 긴 역사를 가진 글로벌 회사답게, 많은 것들이 명확했고, 그 안의 사람들은 우리의 회사가 좋은 회사의 축에 든다는 것을 의심하지 않았다.

그런데 참으로 모든 것이 분명하기만 한 곳에서, 더더욱 해야 할 일이 분명한 영업사원을 하기에 나는 너무 생각이 많은 인간이었다. 모두가 경전처럼 달달 외웠던 각종 영업 매뉴얼, 회사가 하라는 대로만 했더니 일찍이 성공했다는 누군가의 이야기, 오늘 내 바이어가 잔뜩 화난 이유와는 전혀 상관없는 아름다운 교육 내용들. 회사는 회사가 잘 세팅해 둔 것을 그저 최선을 다해 실행하기만 하면 된다는 친절한 비전을 제시했지만, 나는 내가 깊이 생각하고 고민한 방식으로 문제에 접근하는 일을 하고 싶었고, 나만의 생각이 의미를 갖는 일을 하고 싶었다. 이대로만 하면 된다는 확신에 찬 사람들 사이에서, 나는 이따금 숨이 차 쿵쿵 가슴을 쳤다.

무엇보다도, 그래도 이 정도 괜찮은 회사가 없다며 하루하루 내 마음을 억누르고 버티는 스스로가 너무 싫었다. 마치 직업이 '괜찮은 회사 다니는 사람'이라도 되는 것처럼. 괜찮은 회사에 다닌다고 해서, 내가 그냥 대단한 사람이 되는 건 아니었다. 그렇게 보이기 위해 빳빳한 명함을 내밀 수는 있겠지만. '나만 잘하면 될 것 같은' 참 좋은 회사에서, 나는 내가 잘하는 걸 잘할 수 없어 허우적거렸다.

2. 이런 회사

옷장 깊숙이 넣어두었던 단벌 정장을 다시 꺼내 입고 간 면접장에서, 한 임원이 물었다.

"왜 3년이나 다닌 회사를 그만두고 굳이 다시 신입으로 오려고 해요? 어쩐지 웃고 들어온다 했더니 믿는 구석이 있었구만. 아니, 꼭 다 포기하고 이 회사에 올 이유가 있나?"

나는 떨리는 목구멍 근육을 최대한 잡아당기며 말했다.

"저는, 저는…… 생각하는 일을 하고 싶어요."

아직도 화장실 세 번째 칸에 숨어 떨리는 심장을 부여 잡고 그 면접의 결과를 확인하던 순간이 또렷이 기억 난다. '합격' 두 글자를 확인하고 어찌나 머리가 댕댕 울리게 심장이 뛰었던지, 잡고 있던 변기에다 그대로 심장을 토할 뻔했다. 됐다. 이제 드디어 카피라이터가 된다. 이제 드디어, 마음껏 생각하는 일을 하면서 돈 벌 수 있다.

하지만 직업만 바꾸면 당연히 모든 것이 더 좋아질 줄

알았던 내 순진한 기대는, 굳이 긴 말 덧붙일 것도 없이, 곧 산산조각이 났다. 어쩌니, 여긴 니가 생각하는 그런 곳이 아닌데. 그러게 말입니다. 그날 저녁 일정이 그날 오후에 바뀌고 하루에도 수십 번 '일단 다른' 생각을 짜내야 하는 광고 회사 생활은, 첫 회사에서 내가 빡빡하다, 혹은 답답하다고 느꼈던 것들을 참 깔끔하고 합리적이었다고 고쳐 생각하게 만들었다. 저곳에서 목말랐던 것들이 이곳에 있는 건 맞는 것 같은데, 저곳에서 내가 당연히 누렸던 것들이 다른 모든 곳에서도 당연하리라는, 너무도 당연하지 않은 착각을 했었다. 갖고 있을 땐 쿨하게 다 포기할 수 있을 것 같았던 모든 것들이, 막상 내 손을 떠나니 세상 중요하게 보였다. 아씨, 줬다 뺏는 게 어딨어! 참, 누가 뺏어 간 게 아니지.

한참 자아 고민에 휘적이던 스물일곱엔, 다른 분야를 경험해 볼 수만 있다면 무급 인턴이라도 좋겠다고 생각했었다. 아직 젊은데 연봉이 뭐가 중요하냐! 는 뜨악스러운 소리를 아무렇지도 않게 해 가며. 나는 다행히 무급 인턴이 아닌 돈을 받는 신분으로 실컷 다른 분야를 경험할 수 있었고, 몇 년 뒤, 이렇게 말할 수 있게 되었다.

"다 됐고, 돈이나 많이 줘!!"

결국 모든 이직의 끝은 '회사가 다 거기서 거기지 뭐'로 수렴하는 건가.

나의 두 번째 회사는 첫 번째 회사보다 '객관적으로' 더 좋은 회사는 아니었던 것 같다. 하지만, 현재 시점에서 볼 때 옮겨 간 곳이 '주관적으로' 내게 더 좋은 회사였다는 사실은 부정할 수가 없다.

'뭘 그렇게 복잡하게 생각하니?'라는 말을 듣다가 '조금만 더 깊게 생각해 보자'는 말을 듣게 되었다. 생각할 겨를도 없이 수많은 판단을 해야만 했던 스트레스가 생각을 하고 또 하느라 마지막의 마지막까지 판단을 미뤄야 하는 스트레스로 바뀌었는데, 지금까지는 후자가 더 견딜 만하다. '마음껏 생각하는 일 하면서 돈 벌 수 있다'던 그 미련한 한 줄의 동기가 생각보다 힘이 셌다. 그러니까 나는, 아직까진 회사를 옮기기로 한 내 선택을 '선택 중'인 상태다.

모두가 원하는 모든 것을 언제라도 줄 수 있는 슈퍼 카멜레온 같은 회사가 나타나지 않는 한, '더 좋은 회사'라는 건 필히 주관적이고, 현재적일 수밖에 없다. 오늘 내가, 무엇을 더 가치 있게 볼 것인가에 따라 더 좋은 회사란 그런 회사도, 이런 회사도 될 수 있다.

상황에 따라 생각이 흔들리는 건, 일과 직장생활에 대한 나의 관점이 매 순간 내가 원하는 것을 향해 끊임없이 초점을 맞춰가고 있기 때문이다. 그러니 일단, 계속 흔들거리며 나의 시점을 따라가 보는 거다. 내게 무엇이 중요하고, 무엇은 견디기 어려운지에 대한 판단 기준은 타인에게서 얻어지는 것이 아니라 내 경험이 이리저리 부딪히는 과정을 통해 다듬어진다.

누구나에게 똑같이 더 좋은 회사는 없다. 또한 더 좋은 어딘가가, 반드시 회사여야 할 필요도 없다.

오후 05:51　　　　51%

모두가 원하는 모든 것을 언제라도 줄 수 있는

슈퍼 카멜레온 같은 회사가 나타나지 않는 한,

'더 좋은 회사'라는 건 필히 주관적이고,

현재적일 수밖에 없다.

오늘 내가, 무엇을 더 가치 있게 볼 것인가에 따라

더 좋은 회사란 그런 회사도, 이런 회사도 될 수 있다.

퇴사하면, 비로소 보이는 것들

: 괜히 그만뒀나

"거긴 그래도 좋은 회사였다. 나와 보니까, 알겠더라고."

예상했던 대로다. 얼마 전 직장을 옮긴 그는 세상 다 초월한 얼굴로 맥주를 쭉 들이켜곤 이제는 익숙한 저 대사를 쳤다. 내 어깨를 도닥이며 '넌 꽉 붙어 있으라'는 당부의 말도 잊지 않고. 아무 말 없이 그의 빈 잔을 채워 주며 나는 생각했다. '세상에서 제일 맛있는 빵은, 갓 구운 빵. 세상에서 제일 좋은 회사는, 갓 그만둔 회사.'

가끔 회사를 나간 선배나 동료들을 만날 때면 빠지지 않는 이야기는, '나와 보니 거긴 좋은 회사였다'는 것이었다. "그 팀장이 뭐 또 그렇게까지 나쁜 사람은 아니었어." "월급은 여기보다 적었지만, 거기선 그래도 일주일에 두 번은 칼퇴할 수 있었는데." "최소한 거기서 사람 스트레스는 없었단 말이지."

뭐지, 내 기억으론 분명 '거기서' 받는 스트레스 때문
에 살도 빠지고, 머리도 숭숭 빠지던 사람들인데. 이
를 바드득 갈며 '이놈의 회사'를 저주하던 모습은 어디
가고, 왜 마치 구남친/여친 그리워하듯 저리도 아련
한 얼굴이 되는 걸까? 얼마 전까지만 해도 그들을 잡
아먹기 직전이었던 나쁜 회사는, 어느 순간부터 '그래
도 그 정도면' 좋은 회사가 되어 있었다. 눈에서 멀어
졌는데, 마음에선 오히려 가까워지는 신기한 현상. 이
직을 하고 적당한 시간이 흐른 뒤, 나에게도 그 현상
은 일어났다. 맥주를 쭉쭉 들이켜고 말했다.
"있잖아, 내가 나와 보니까⋯⋯."

퇴사한 우린, 후회하고 있는 걸까? 스스로도 헷갈린
다면 이렇게 질문해 보자.
"다시 돌아갈 수 있다면, 갈래?"
대답은 아마 No일 것이다.

삶에서 어느 정도 익숙해진 무언가를 떠나 새로운 변화를 준다는 것은, 지금까지 그곳에서 쌓아 온 '경험치'를 얼마간 내려놓아야 한다는 뜻이다. 예를 들어 몇 년 간 열과 성을 다해 게임 캐릭터를 하나 키웠다고 하자. 변변한 아이템도 요령도 없이 어설프게 시작했지만, 이젠 꽤 높은 경험치에 나름 자신 있는 영역, 고락을 함께하는 동지도 생겼다. 그런데 어느 날 이 게임이 완전히 리셋되고, 훨씬 더 재미있는 버전으로 업그레이드된다면 어떨까? 대신, 애써 키운 캐릭터도 그곳에서 처음부터 다시 키워야 한다는 전제 하에.

새로운 도전에 끌려 업그레이드를 선택하긴 했지만, 아마도 한동안은 자꾸만 내게 더 익숙한 이전 방식과 제법 노련했던 과거의 내가 자꾸만 눈에 밟힐 것이다. 아는 맛이 제일 무섭다고, 아무리 맘처럼 되지 않던 일이나 숨소리마저 싫었던 사람들이라 해도, 낯선 곳에서 예상치 못한 공격을 받을 때면 다 이보다는 나았던 것 같다. 물론 시간이 지나면 다시 또 새로운 곳에

적응하게 될 것이고, 어쩌면 더 센 전투력을 갖게 될
수도 있다. 다만 그것이 '지금 당장'은 아니기에 일단
은 어색하고 힘든 것이다.

"그 회산 좋은 회사였다"는 말은 후회, 또는 흔한 과거
미화에서 비롯된 것 같지만, 사실은 그건 그만큼 나의
'영역'이 넓어졌다는 의미다. 이전 회사를 다니던 중에
는 그 회사에서 내가 보고 듣고 경험한 것들이 직장생
활에 대한 기준이 되었다면, 회사를 옮긴 이후 새로운
'비교 대상'이 생기면서 이전엔 없었던, 다양한 관점
에서의 판단 기준이 생긴 것이다. 사실 여러 번의 이
직을 경험한 중견 직장인들은 이미 알고 있다. 회사가
다르면, 당연히 옳고 그름이나 중요한 것과 그렇지 않
은 것을 나누는 기준도 다르리라는 것을. 나의 경우처
럼 '첫 회사에서 겪은 것 = 회사란 이런 것'이라는 틀
을 깨고 나와 처음으로 '세상의 다른 회사'를 겪게 된
저연차 직장인일수록, 새로운 곳에서 마주치는 새로

운 기준과 상식은 '문화 충격' 급의 혼란으로 다가오기 쉽다.

간절히 원했던 무언가를 이룬 후엔, 그것을 '이루고자 했던' 가장 큰 마음의 동력이 사라지면서 그 자리에 두려움이나 불안함 같은 성질 급한 감정들이 들어앉는다. 그런데, 그 감정을 쫓아내려는 마음은 더 성질이 급한 게 문제다. 나 역시 눈 앞의 파리처럼 윙윙거리는 그 감정들을 하루빨리 떨쳐내려 무진 애를 썼다. 하지만 지금 생각해 보면 차라리 짐짓 여유 있는 척, 나 스스로에게 시간을 좀 넉넉히 줄 걸 하는 생각이 든다. 그 모든 것이 내가 만든 변화로 인해 시야가 넓어진 탓이라 생각하고 말이다. 그야말로 진정한 레벨 업의 순간이 되었을 텐데.

눈에 보이는 경험치를 잃었다 하더라도, 내가 내 안에 쌓아 둔 경험치가 어디로 가지는 않을 거다. 다만, 다시 원래의 실력을 발휘하게 되기까지 시간이 조금 걸릴 뿐이다. 그러니, 내 걸음걸음을 좀 더 믿어주기로 한다. 어려움은 지나갈 것이고, 새로움은 곧 배움으로 스며들 것이다. 우리에겐 내공이 있으니까.

퇴사하면 비로소 보이는 것은, 이전 회사 좋았다는 작은 깨달음 하나가 아니라, 퇴사하지 않았더라면 만나지 못했을 그 나머지의 세상이다.

03

그런다고 누가 알아줘?

그런다고 누가 알아줘?

: 만족할 것인가, 만족당할 것인가

"어, 너 왜 집에 안 갔……?!"

밤 11시를 조금 넘긴 시각, 꼭 닫힌 한 평짜리 회의실 문을 열고 들어오던 사수는 새까만 글씨들로 가득 찬 내 노트북 모니터를 보며 그대로 멈춰 섰다. 그러곤 내뱉은 세 마디. 오. 마이. 갓.

열이 올라 벌게진 얼굴을 모니터에 들어갈 기세로 갖다 붙이고 몇 시간째 굳은 어깨로 키보드 깜지를 쓰던 나는 더듬거리며 물었다. 왜……왜……왜요……? 무…… 뭐가 잘못됐어요……?!!?

'금번 교육에서 느낀 점은 무엇입니까?' ~류의 질문 서너 개에 간단히 답을 하면 되는 일이었다. 업무와 관련된 보고서도 아니었고, 그저 신입사원 교육에 대한 형식적인 피드백을 요구하는 5분짜리 설문에 나는 무려 다섯 시간이 넘도록 코를 박고 '역사에 남을 답

변'을 쓰고 있었던 것이다. 갓 3년 차가 된 사수는 기함했다.

"너, 감기 걸렸다며. 지금 뭐 하는 거야. 얼른 들어가."

"저, 이거 내일까지 내야 하는데요……."

"아니, 이게 뭐라고 아픈데 야근까지 해. 회사는 너 아픈 거 안 알아줘."

입사한 지 한 달이 채 안 되었던 때, 난생처음으로 귀에 들린 그 말은 참으로 생경했다.

회사는 안 알아줘.

모범생 콤플렉스를 꽉 틀어안고 살아온 지 25년, 항상 '누구보다 열심히 하기'는 내가 가진 원 앤 온리 무기였다. 약간의 베리에이션이 있긴 했다. 엄청 열심히 하기, 대단히 열심히 하기, 미친 듯이 열심히 하기. 후에는 늘 보상이 따랐다. "잘했다!"라는 칭찬, 혹은 "해냈어!"라는 성취감. 아무도 무언가에 최선을 다하는 자세 자체를 쓸모없다 말한 적은 없었다. 잠시 뭉게뭉게 할 말을 찾고 있는 내게, 다시 한 번 듬직한 3년 차 직장인은 힘주어 말했다.

"너, 그렇게 쓸데없는 거 열심히 하지 마. 그런다고 아무도 안 알아줘."

결국 뭔가 덜 닦은 기분으로 대충 하던 일을 마무리하고 돌아온 그날, 신입사원은 일기에 썼다.

아, 회사에서는 '누가 알아주는 일'을 해야 하는 거구나.

📂

학생에서 직장인이 된다는 것은, 여태껏 '(내)돈 내고' 살던 삶에서 '(남의)돈 받으며' 사는 삶으로의 변화다. 자연스럽게, 돈 받으며 사는 세상에서 직장인의 가치는 소위 그 '돈값'을 하느냐 못하느냐로 판단된다.

사실 회사가 기본적으로 추구하는 것이 '효율'임을 생각하면 맞는 말이다. 회사의 입장에서는 당연히 직원이 쓸데없는 일에 힘 빼지 않고 효율이 나는 쪽으로 열일하는 것이 좋다. 직원의 입장에서도 회사가 자신

의 능력과 노고를 '알아주어야' 월급도 오르고, 승진도
한다. 따라서 한정된 시간 안에서 모든 자잘한 일에
영혼을 바치기보다, 누구라도 알아주는 일에 최선을
다하는 것이 이익인 듯싶다. 회사라는 곳에선 그래야
'잘하는 것'이고, 노동의 대가로 남의 돈을 가져오는
구조에서 남들이 나의 '돈값' 여부를 따지는 것은 어쩌
면 당연한 이야기니까.

문제는, 내 스스로도 타인에게 나의 돈값을 묻고 있다
는 데 있다. 내게 주어진 일, 내가 해야 할 일들을 하면
서 끊임없이 타인의 인정을 갈구한다. 내가 이만큼 고
생했으니 요만큼은 인정해 주겠지? 이 프로젝트에서
내가 제일 많이 밤샌 거 팀장이 알고 있을까? 저기요,
오늘 나는, 돈값 하고 있나요?

회사라는 생태계에 적응하면서, 직장인은 살아남기
위해 이런저런 요령들을 탑재한다. 3년쯤 지나면, 이
젠 누가 시키지 않아도 자연스레 자타공인 '자기 몫
(이라 쓰고 돈값이라 읽는다.) 하나는 든든히 하는' 사회

인으로 진화한다. 헌데, 요령과 함께 쌓은 엉뚱한 경험치가 하나 더 있다. 바로 '알아주는 것'에 대한 집착이다.

때론 자신의 무능력을 탓하고, 때론 스스로의 적응력에 감탄도 하면서 열심히 인정받기 위해 일을 했더니, 이젠 '누가 알아주어야만' 비로소 잘했다는 기분이 드는 것이다. 처음에는 '내 꿈을 펼치리' 하며 입사했던 신입사원은, 어느새 타인에게 최선의 선택지로 뽑히기 위해 분투하고 있는 대리, 과장, 차장이 되었다. 내가 보기에 충분히 괜찮게 일을 해 놓고도, 다른 이의 평가 혹은 잠재적 평가에 오늘도 마음은 한없이 약해진다. 남들과 하는 경쟁, 남에게 하는 보고, 남이 하는 결재와 평가로 이루어진 직장인의 세계에서, '내가 보기에' 내 일이 어떻다는 자아성찰은 차마 끼어들 새가 없다.

몇 달을 밤새우며 성사시키려 노력했던 프로젝트가 어그러졌다고 하자. 회사는 투자한 만큼의 금전적 손해를 볼 것이고, 곧 그를 대체할 만한 다른 프로젝트를 찾을 것이다. 그럼, 나는?

그간 이 프로젝트에 갖다 바친 내 시간은? 칙칙해진 내 피부는?(이건 정말 중요하다!) 불어난 내 옆구리 살은? 망가진 내 인간관계는? 그 시간에 할 수 있었던 수많은 다른 일들은? 그 모든 것들은, 그럼 누가 알아주는데? 프로젝트가 망가졌으니 남들은 전-혀 알아주지 않을 텐데! 회사의 회계장부에 그려진 마이너스처럼, 나도 '음, 인생을 요만큼 손해 보았군' 하면 되는 건가?

내 시간과 노력에 대한 가치는, 대차대조표를 읽듯 한눈에 플러스 마이너스로 계량할 수 있는 것이 아닐 테다. 그 일의 성패 여부나 타인의 인정 여부와는 관계없이, 내가 최선을 다했다는 사실만큼은 분명히 그 시간 그 자리에 존재하고 있다. 그것을 나 스스로 인정하지 않는다면, 그만큼의 나의 인생은 조용히 사라지고 만다.

중요한 일, 티 나는 일을 해냈을 때 회사는 '잘했다'고 한다. 그렇다고 내 자신까지 그래야만 할까? 오늘 하루 종일 선배들 심부름을 하고, 복사를 하고, 회의에 필요한 간식을 사 오고, 영수증을 이쁘게 정리하느라 고생한 신입사원은, 그럼 오늘 하루 잘한 일이 하나도 없는 건가? 회사가 나의 사용가치를 판단하는 것과, 내 스스로 내 노동의 가치를 판단하는 것은 분명 다른 일이다.

이쯤에서 우리는 선택을 해야 한다. 나는 일을 하며 스스로 만족할 것인가, 타인에게 만족당할 것인가.

정직원 전환이 걸린 인턴을 하던 시절, 나는 제대로 가르쳐 주지도 않고 무조건 몰아붙이는 상사에게 단단히 마음이 꼬여 있었다. 어디 한번 두고 보라지. 내가 진짜 꼭 이 회사 합격해서 때려치울 테다(!). 나는 속으로 그르릉거렸다.

3년의 경력이 쌓인 직장을 그만둘 때, 주변에서는 왜 뻔한 고생길을 자초하느냐 혀를 찼다. 그르릉! 두고 보세요. 내가 그 고생길 보란 듯이 8차선 도로로 닦아 내고 말 테니까.

인턴을 통과해 회사에 합격을 했고, 이직을 하고도 몇 년이 지났다. 그래서? 그들은 정말로 '두고 보았는가?' 아니! 사람들은 나라는 타인의 인생 곡선에 그다지 관심이 없었다. 두 눈 크게 뜨고 있는 힘을 다해 나의 성취를 지켜보고 있던 것은, 사실 나 자신이었다.

입사와 퇴사와 재입사를 거치며 내가 얻었던 성취감은 남들에게 비로소 무언갈 보여 주었기 때문이 아니었다. 내가 밤을 새워 고민했던 나날들이 기특해서, 내가 최선을 다해 얻어낸 결과가 뿌듯해서, 내가 이를 악물고 버텨 온 시간들이 짠해서, '해냄'의 순간순간마다 나의 가슴은 기쁨으로 벅차올랐다.

정작 무언가를 이뤄낸 뒤엔 남들의 인정은 크게 중요치 않았다. 성취 이후에 따라온 또 다른 시련들은 우선 차치하고, 해냈을 때의 그 감격은 그 누구 때문도 아닌 내가 해냈다는 사실 때문이었다.

누군가 '잘했습니다!' 하면 내가 무언가를 이룬 것이 되고, '못했습니다!' 하면 그 성취는 없던 것이 되는 걸까? '성취감'이라는 것은 본디 내 안에서 솟아오르는 감정이다. 내 감정에 대한 남의 허락이 왜 필요한가? 월급과 고과는 철저하게 남이 주는 거지만, 성취감은 내 스스로가 주는 것이다.

자, 그런데 막상 내가 나를 알아주려고 보니, 어디서부터 무얼 잘했다고 해야 할지 모르겠다. 특히나 스스로에 대한 기준치가 '넘나' 높은 모범생들의 경우엔 더 어렵다. 그럼 어디서부터 출발해 보면 좋을까? 그 시작은 바로 '작은 성공의 경험'을 늘리는 것에 있다.

복사기가 어디에 있는 줄도 몰랐던 내가, 어느 순간 척척 팩스를 보내고 있다. 하나의 커다란 빙고 판처럼 보이던 엑셀 문서를, 어느새 피벗을 돌려 가며 차르륵 만들어 낸다. 처음엔 나를 거들떠보지도 않던 거래처 사장님이, 오늘은 내게 커피를 한 잔 타 주며 고맙다고 한다. 하루 8시간 자리에 앉아 있는 것도 힘들었던 내가, 어느새 힘들어하는 후배를 토닥여 주고 있다. "너 감기 걸렸다며. 얼른 들어가!"

아무도 칭찬해 주지 않겠지만, 나는 알고 있다. 이런 무수한 작은 성공의 순간들을. 아무리 작은 것이라도, 내가 노력해서 나아진 것이 있다면 그것은 성공이다. 그런 작은 성공의 경험들을 무심히 흘려보내지 말자. 놓치지 말고, 반드시 콕 찝어내어 알아주자. 어느새 이만큼이나 나아졌구나, 잘했다. 이젠 이걸 할 수 있게 되었구나, 잘했다. 네? 고맙다구요? 내가 누군가에게 도움이 되었구나! 수고했다. 수고했다고? 잘했다!

이것은 단지 '수고했어, 오늘도' 하고 마는 셀프 쓰담

쓰담이나 자조적인 위로가 아니다. 이건 진짜다. 진짜로 노력했고, 진짜로 성장하고 있고, 진짜로 잘하고 있는 나에 대한 팩트를 인정하는 거다. 이렇게 한 번 두 번 스스로의 성공을 알아 준 경험이 쌓이면, 그것은 남들의 인정 없이도 나의 오늘에 뿌듯해하고 나의 내일에 도전해 볼 맘을 갖게 해 줄 근거가 된다.

작은 성공의 경험들이 만드는 건 근거 없는 자신감이 아니라, 오늘 이만큼 해낸 내가 내일도 성공할 수 있다는, 힘차게 뿌리내린 자존감이다.

그런다고 누가 알아주냐며 '직장인답게' 냉소하던 그 선배보다 한참은 더 선배가 된 지금은, 그 말이 무슨 말인지 너무 잘 안다. 찬물 더운물 가릴 줄 몰랐던 신입사원의 요령 부족이다. 하지만, 나는 오늘의 일기에 쓴다. 비단 회사에서뿐 아니라, 어디에서든 '내가 알아주는 일'을 해야 하는 거라고. 세상으로부터의 인정에

기대지 않고, 내 안에 스스로 행복할 줄 아는 동력이

있는지를 자꾸만 돌아봐야 하는 거라고.

아, 좀 사람답게 살고 싶다
: 저녁이 생기던 날

> 나는 혼술이 좋다. 혼술은 내 상처를 치유해 주는 치료제이기도
> 하며 내 슬픔을 말없이 달래 주는 친구이기도 하다. 기댈 곳 하
> 나 없는 외로운 일상을 그나마 혼술이라는 좋은 친구가 있어 위
> 로받는 건 아닐지. 그래서 나는, 오늘도 혼술을 한다.
>
> _ 드라마 〈혼술남녀〉 중에서

몇 해 전 가을, 늦은 밤 일에 지쳐 돌아와 아무렇게나
누워 TV를 켜면 마치 내 맘을 알아주기라도 하듯 매
일 밤 혼자 술을 마시는 직장인들의 이야기가 흘러나
왔다. 약간의 과한 드라마적 설정들이 있긴 했지만,
어느새 그 드라마는 매회 반복되던 주인공 하석진의
대사처럼, 월요일 밤 '나만의 힐링 타임'이 되었다.

밤 11시에 방영되는 드라마로선 잔인하게도 최소한
한 회당 두 번 이상의 '혼술' 장면이 등장했다. 차마 그

냥 보기 힘든 고퀄리티 안주와 함께. 나는 감동받았다. 남들 시선 의식하지 않고 혼자 새우 한 접시를 굽는 쿨함, 귀에는 클래식이 흘러나오는 이어폰을 꽂고 휴대용 음주측정기에 숨을 호후 불어가며 한 잔의 맥주를 마시는 별스런 취향. 무엇보다 매일 밤 반드시 혼술을 할 시간을 사수하는, 그 의지에.

퇴근 후에 뭘 한다구? 그게 가능해? 아니…… 그보다 '퇴근 후'라는 게 뭐지? 먹는 건가?

1년 차 어카운트 매니저 시절, 아직 잉크도 다 안 마른 면허로 매일같이 골목부터 대형 마트까지 회사 차를 몰고 다니며 정신없이 매장을 체크하고 발주를 넣고 바이어를 만나고 온갖 안팎 미팅을 끝내고 나면, 당연한 듯 밤이 되었다. 남들 퇴근할 시간에 회사로 기어들어가 차를 세우고, 김치찌개 한 그릇 먹고 커다란 커피 하나를 들고 자리에 앉으면 8시. 그때서야 낮에 외근을 하느라 처리하지 못한 서류 업무를 시작했다.

내부 보고 자료부터 거래처 미팅 자료, 각종 요청 메일 작성, 밀린 정산 서류들을 정리하고 낮에 넣은 기름 영수증에 풀을 발라 잘 붙여 두는 일까지. 그랬다. 21세기 글로벌 기업에서도, 노오란 입금증을 떼고 천원 이천 원짜리 영수증을 붙이는 일 같은 건 어쨌거나 해야 할 일이었다. 땅에 떨어질 것 같은 무거운 어깨를 잘 주워 들고 퇴근길 라디오를 켜면 어느새 11시. 이게 졸린 건가 아픈 건가 모르겠는 멍한 몸으로 새까만 고속도로를 달려온 집에선 어느새 내일이 된 시계가 나를 아는 체한다. 가만 있자, 내일은 오전 7시 광주행 비행기를 타야 하니까…… 적어도 5시엔 일어나야겠구나. 오늘은 화장도 지우지 말고 그냥 자야지. 아니, 이젠 오늘이 아닌가? 자기 전이니까 아직 오늘인가? 정말…… 이게 다 뭐지……?

아, 좀 사람답게 살고 싶다.

그렇게 내가 일인지 일이 나인지 모른 채 살던 어느 날, 엘리베이터 앞에서 삐걱삐걱 결리는 어깨를 돌리고 있는데 한 선배를 마주쳤다.

"어깨가 아픈가 보네~"

"네…… 온몸이 아파 죽겠어요, 어유."

"운동 같은 거 해? 그럼 좀 나을 텐데."

"아아니요오~ 해야 되는데~ 시간이 없잖아요."

나는 특별히 '없잖아요'에 힘을 주며 말했다. 뭐, 다 아시잖아요? 하는 피식거리는 웃음을 지어 보이며. 그런데, 선배는 함께 어깨를 으쓱해 주는 대신 이렇게 말했다.

"시간, 지금 없으면 앞으로도 없을 거야."

뭐지, 꼰대인가. 이게 뭔 거친 예언이래? 저, 진짜 시간 없거든요? 1년 차가 다 그렇지 뭐. 운동이고 뭐고 내 맘대로 쓸 수 있는 시간이 대체 어디 있담. 나도 선배만큼 적응 좀 되면 시간 낼 거거든요? 흥이에요. 뿡입니다.

얼마 지나지 않아 두툼히 쌓인 옆구리 살에 바야흐로 옷장의 80%가 필요 없게 되어서야, 나는 드디어 운동할 생각을 해냈다. 어디 한번 찾아나 볼까, 하고 검색을 해 보니, 세상에…… 회사 코앞에만 헬스장이 다섯 개는 있었다. 게다가 직장인들을 위해 대부분이 24시간 오픈. 뭐야, 이 정도면 저녁에 잠깐 가서 걷고만 와도 되겠는데? 더 집중해서 찾아보았다. 당시에 유행하던 'OO일 동안'이라는 요가 센터가 회사 바로 근처에 있었다. 등록.

'헐, 내가 운동을 하러 왔어.' 첫날, 미친 듯이 달라붙는 '내일부터 하자' 요정을 겨우겨우 떼어내고 끌려가듯 센터에 갔다. '우아…… 정말 직장인들이 많네. 이 사람들은 안 바쁜가?'
분명 너무나 힘들었던 첫 수업이 끝나고, 뭔가 다른 기분으로 고속도로를 달리다 문득 깨달았다. 내가 더이상 일에 대해 생각하고 있지 않다는 걸. 아직 처리하지 못한 입금증도, 지금도 쌓이고 있을 이메일도, 다 붙이지 못한 영수증들도. 대신, 내 마음은 이 한 가지 생각으로 벅차올랐다.

'아, 그래…… 나도 자유의지로 뭔가를 할 수 있는 인간이었지. 맞아…… 나는 바보가 아니었어!!!'

그것은, 환희였다.

그날로부터 몇 년이 흐른 지금, 나는 말 그대로 운동에 있어서는 '산전수전을 다 겪은' 직장인이 되었다. 힐링 요가, 핫요가, 파워 요가, 헬스, PT, 필라테스, 스피닝, 복싱, 달리기, 그리고 지금 배우고 있는 태권도까지. 안타깝게도 한 가지 아이템으로 3개월 이상 지속한 것은 없다. 그저, 어떻게든 계속 운동을 해 보려고 했을 뿐.

비로소 선배가 했던 말의 의미를 깨달았다. 그녀는 '시간을 내려는 습관'에 대해 말하고 싶었던 거였다.

하루 중, 내 의지로 회사 외에 다른 스케줄을 만들면, 나의 하루는 그만큼 쪼개진다. 단 한 시간이라도 '해야할 일'이 아닌, 오로지 내가 '하고 싶은 일'로 채워 넣은 또 다른 하루. 첫 요가를 하던 날 내가 느꼈던 경이로움은, '회사에서의 나'가 퇴근한다고 해서 오늘이 끝나버리지 않고, '운동하는 나'가 만든 두 번째 하루가 새로 시작된다는 데서 오는 기쁨이었다.

내 의지로 만든 시간은, 특히 직장에서 거지같은 하루를 보냈을 때 빛을 발한다.

예를 들어, 오늘 나에게 말도 안 되는 일을 떠넘긴 얄미운 상사의 경우 말이다. 깊은 분노가 뻗친다. 운동이고 뭐고 그냥 다 집어치우고 술이나 잔뜩 취하고 싶다. 그런데, 내가 오늘 그 기분을 애써 누르고 헬스장에 간다면?

이제 나의 분노는 헬스장에서 샤워 순서를 새치기한 얄미운 아주머니가 나눠 가진다!

그럼 오늘은 정말 이것도 저것도 되는 일이 없으니 더 망한 게 아니냐구? 천만에. 한 사람에 대한 깊고 구체적인 분노보다, '뭐 이리 되는 게 없어' 하는 넓고 일반적인 화가 훨씬 낫다. 내 마음이 '회사'라는 하나의 카테고리에 집중하기를 멈추고, 새로운 주제로 분산되었기 때문이다. 이제 회사에서의 분노는 나에게 그만 큼 덜 중요해진 것이다.

왜 연애도 그렇지 않나. 내 취미고 친구고 미래고 전 부 버리고 이성에게 올인했다가 결국 집착으로 변하 는 경우. 그래서 그 사랑이 깨지면, 나의 삶 전체가 깨 져버리는 경우.

지금 내 삶에서 정말 잘하고 싶고, 지키고 싶은 무엇 이 있다면, 그럴수록 그 한 가지에만 너무 몰입하여 끌려다니기보다는 나의 삶을 보다 다양한 하루가 나 누어 가질 수 있도록 하자. 그래야 가장 중요한 그 하 나에 더 마음 편히 집중할 수 있다.

오늘 저녁에 꼭 타야 할 뉴욕 행 비행기가 있다고 하 자. 일은 끝날 기미가 안 보이고, 떠나야 할 시각은 다 가오고…… 어떻게 해야 할까? 똥줄이야 타겠지만 우 리는 일단 도저히 닫을 수 없을 것 같던 컴퓨터를 닫 을 것이다. 몇 백만 원짜리 비행기표를 날릴 수는 없으니까.

오후 2시는 졸리다. 4시는 배고프다. 5시만 넘어도 슬슬 집중력이 다해 그만 집에 가고 싶다. 하지만 멍한 틈에 쌓여 버린 일들이 맘에 걸려, 결국 저녁을 먹고 야근을 한다. 사실 그 일들 중엔 조금만 집중했으면 낮에 끝낼 수 있었던 일도, 굳이 꼭 오늘 끝내지 않아도 될 일들도 있다. 퇴근하고 싶지만, 딱히 꼭 퇴근해야 할 이유가 없어 흐르듯 야근하게 되는 경우도 많다.

저녁에 꼭 가보기로 한 맛집, 회사 앞에서 기다릴 남친, 오늘 안 가면 돈 날리는 수업, 오늘 꼭 해 먹어야지! 다짐했던 요리. 우리가 스스로를 위해 만들 수 있는 작은 약속들은 무수히 많다. 그저 운동하고 자기계발하자는 말이 아니라, 나의 오늘을 온전히 나를 위해 조금이라도 써 보자는 이야기다.
우리가 여행을 가면 기분이 좋은 이유는, 여행 자체의 즐거움도 있지만 사실 여행 중 먹고, 자고, 가고, 보는 모든 것이 다 '내 맘대로'라서이기도 하다. 우리의 하루 중에도 이렇게 '내 맘대로' 만든 시간이 잠시라도 있다면, 일이, 회사가 내 삶 곳곳에 미치는 영향에서 조금은 자유로워질 수 있지 않을까?

저녁이 있는 삶.

흔해빠진 책 제목, 혹은 흘러간 캐치프레이즈 같던 이 말이 최근 〈김영란법이 바꾼 풍경〉이라는 기사 제목 으로 다시금 종종 등장하는 걸 보았다. 그 풍경이 곧 다시 흘러갈 유행이든 아니든, 어쨌든 저녁이 있는 삶 이란 것이 직장인에게 갖는 의미만큼은 유행을 타지 않을 것이다.

이 회사에서 내가 오늘 하루만 일하고 그만둘 거라면 오늘 밤을 누구보다 하얗게 불태워도 좋다. 하지만, 그것은 회사도 나도 원하는 것이 아니다. 우린 둘 다, 이곳에서 내가 더 잘, 더 오래, 더 행복하게 일하길 바 란다. 진짜다.

이것이 우리가 '나만의 힐링 타임', 저녁을 사수해야 하는 이유다.

여행을 가면 기분이 좋은 이유는,

여행 자체의 즐거움도 있지만

사실 여행 중 먹고, 자고, 가고, 보는

모든 것이 다 '내 맘대로' 라서이기도 하다.

우리의 하루 중에도

이렇게 '내 맘대로' 만든 시간이 잠시라도 있다면,

일이, 회사가 내 삶 곳곳에 미치는 영향에서

조금은 자유로워질 수 있지 않을까?

나 '쟤처럼' 살고 싶은 건가

: 비교의 늪

뭘 잘못 먹었나, 야근을 줄창 했더니 변비가 왔나. 하루에도 수십 번씩 아랫배에 꾸욱 꾹 못마땅한 느낌이든다.

'아니, 쟤는 똑같은 월급 받고 왜 맨날 칼퇴야?'
'저 인간은 옷을 또 샀네. 난 월세 내기도 바빠 죽겠는데.'
'아오, 나도 저런 환경이었음 더 잘할 수 있었어.'
'누구는 좋겠네, 팀장 잘 만나서 저렇게 인정도 받고.'

명치끝에 코르크 마개라도 박힌 듯 갑갑한 느낌은 퇴근 후 스마트폰을 쥐고서도 계속된다.

'저 사람은 팔로워가 왜 저렇게 많지?'
'어멈머, 얘네 좀 봐, 언제 저렇게 집을 꾸몄대?'

'나만 빼고 다 해외에 있나 봐. 뭐 어디 근처라도 다녀 와야 하나……'

아…… 씨…… 왜 이렇게 배가 아프지?

직장인이라면 누구나 있는, 아니 직장인이 아닐 때부터 우리가 평생 달고 살아온 증상, 만성 배아픔. 이것은 일찍이 조상님들이 남기신 말처럼 정말 사촌이 땅을 사서 그렇다. 이 사촌의 소식이란 게 애매해서, 그때그때 대놓고 비교당하는 엄마 친구 아들의 얘기도, 쟤 좀 봐라! 하면 쟤가 어쩌고 있는지 건너다볼 수 있는 앞집 딸의 근황도 아니다. 사촌의 이야기는 어쩌다 불쑥 '그랬다더라' 하고 바람결에 실려 솜사탕처럼 부풀려지고 채색되어 날아오는 경우가 많다. 사실은 사촌이 산 땅은 참 별게 아닐지도 모른다. 혹은 나와는 비교도 안 되는 시간과 노력을 들여 일군 소중한 한 뙈기일 수도 있다. 그래도 어쨌든 부럽다. 어쨌든 타격감이 있다. 그 참기 힘든 '남 잘 되는 꼴'이니까.

사회생활을 하다 보면, 남이 나보다 (먼저, 혹은 더) 잘 되는 경우를 싫어도 좋아도 계속 보아야 한다. 태어난 날의 발 크기부터 온갖 비교에 푹 쩔어 살아온 우리의 속을, 나보다 먼저 땅 주인이 된 남 이야기는 그렇게 자꾸 쿡쿡 쑤신다.

'본의 아니게' 날 때부터 많은 것들을 당연하게 누려 온 사람, 큰 노력 들이지 않고도 두루두루 사랑받고 큰 사람, 그래서 성격도 둥그러니 좋은 사람. 주변을 둘러보면 어찌나 그렇게들 쉬워 보이는지. 오늘 하루 도 발가락 끝까지 힘주어 버텨 낸 내 눈에, 세상은 유 독 나한테만 짠 것 같다.

'넌 참 쉽다'는 말은 하기는 쉽고 듣기엔 불편하다. 즉 남의 과정은 쉬워 보이고 결과도 인정하기 싫지만, 누 가 내 노력과 성과를 폄하하면 당장에 멱살이라도 잡 고 싶은 거다. 그렇게 세상을 노려보다 보면 어느새

한 겹 한 겹 얄팍한 피해 의식이 쌓인다. 너무 앞만 보지 말고 가끔 옆도 둘레둘레 보라는데, 옆을 보면 웬걸, 다들 나를 앞질러 달려가고 있다. 다른 이의 보폭에 신경이 곤두선다. 나보다 노력하지 않은, 혹은 나보다 좋은 환경을 가진 누군가가 이뤄낼 어떤 성취를 생각해도 속이 쓰리다. 아픈 배를 움켜쥐고 축하의 말을 건네는 혀 밑에는 이 모든 걸 합리화해 줄 한마디가 맴돈다. 넌, 참 쉽다.

내 갈 길보다 남의 길이 더 먼저 보이니 나의 목적지로는 점점 더 가기 어려워진다. 자꾸만 맘 속에서 남들이 나를 앞선다. 사실은 나와는 전혀 다른 길을 가고 있는 것인데도, 그들이 그들의 목적지에 나보다 먼저 닿을까 자꾸만 의미 없는 종종걸음을 친다.

그럼 비교란 무조건 갖다 버려야 할 몹쓸 것인가? 적절한 경쟁심이 더 나은 결과를 낳기도 하는 것처럼,

마땅한 비교는 좋은 자극이 된다. 다만, 덮어놓고 오만 것을 다 비교해 대면 곤란하다.

물론 돈은 저만큼 많으면 좋겠고, 기왕이면 누구처럼 승진도 빠르면 좋겠고, 동시에 저 사람처럼 자기관리도 쩔어 주었으면 좋겠고, 모 동기처럼 편하면서도 결과가 좋은 팀에 속했으면 싶고, 옆 팀 교포처럼 영어 천재도 되었으면 좋겠다. 헌데 이 모든 건 사실 '그랬으면 좋겠다'일 뿐 '반드시 그래야만 하는' 내 인생의 목표는 아니다. 언제부터 내가 살고 싶은 삶이 '쟤처럼' 사는 것이었던가?

내가 하지 못한 것과 하지 않을 것을 구별해야 한다. 비교 자체가 아니라, 어차피 할 마음도 없었으면서 남이 이룬 성과를 무조건 질투하거나 평가절하하는 비겁함을 버려야 한다. 팀 배치라든가 타고난 환경이라든가 하는, 내가 바꿀 수 없는 조건들에 분개하는 억울함도 억울하지만 넣어 두자. 정말로 비교해야 할 것을, 제대로 비교하며 가는 것이 나의 정신 건강과 인생 전체에 이롭다.

근데 누가 그걸 몰라서 이렇게 끙끙 앓는가? 누가 뭐라도 화가 나는 건 화가 나는 거다. 사실 이 글도 부아가 치밀어 쓰기 시작했다. 직업상 토 나올 정도로 고민을 거듭해야 하는 나의 경우엔, 고민의 깊이보다는 영리한 포장 기술로 본인의 존재를 짠! 하고 잘도 드러내는 이들을 보면 속에서 천불이 난다. 진짜 대단한 사람이 대단해졌으면 좋겠는데, 어쩐지 대단해지는 것 자체가 목적인 사람들이 더 빨리 성공하는 것 같다.

누구나 나처럼 타인에게 '빡치는 포인트'가 있을 거라 생각한다. '진짜 쟤는 왜 저래?!' 하고 열이 확 뻗치는. 내가 남들이 뭘 하고 살건 흥 하고 마는 강철 멘탈의 소유자가 아니라면, 그럴 때일수록 내가 인생에서 원하는 것이 무엇인가에 대해 각 잡고 고민해 볼 필요가 있다. 나는 어떤 모양, 어떤 색의 인생을 살고 싶은 건지. 어떤 것을 꼭 이뤄야겠고, 어떤 것은 과감히 타협할 수 있을지. 예고 없이 나의 속을 쓰리게 할 외부 자극들에 대비해 이렇게 저렇게 나만의 답을 만들어 두는 것이다. 물론 인생 전체를 관통하는 현답은 쉽게 나오지 않겠지만, 하나씩 묻고 답하다 보면 언젠가 '쟤'가 이러거나 저러거나 마음 쓰지 않는 묵직함이 내 안에 자라나 있지 않을까.

다시 속에서 살살 신호가 온다면, 내 마음속 중심에 서서 팔을 번쩍 들고 외쳐 보자.
"기준!"

가고 싶은 길이 있으면, 다른 길을 건너다보지 않는다. 살고 싶은 삶이 없으면, 세상의 모든 삶과 내 삶을 비교하게 된다.

남들이 뭘 하고 살건 흥 하고 마는

강철 멘탈의 소유자가 아니라면,

그럴 때일수록 내가 인생에서 원하는 것이

무엇인가에 대해 각 잡고 고민해 볼 필요가 있다.

나는 어떤 모양, 어떤 색의 인생을 살고 싶은 건지.

어떤 것을 꼭 이뤄야겠고,

어떤 것은 과감히 타협할 수 있을지.

왜 가르치지 않고는 못 배기는 걸까
: 대체 그것이 '당신과' 무슨 상관이기에

심심풀이로 그리던 그림일기가 어쩌다 한 포털사이트 메인에 잠시 걸렸다. 처음엔 좋았다. 콘텐츠의 내용만큼이나 어디에 걸리는지가 중요한 세상이니까. 그런데, 그 짧은 단상에 연예면 기사 댓글란에서나 보았을 법한 악플들이 달리기 시작했다. 굳이 가던 길을 멈추고, 지극히 개인적인 내용을 신기할 만큼 상상도 못한 방향으로 해석하고는 나를 가르치고 혼냈다.

그걸 그렇게 생각하다니 니가 이상한 놈이다!

네 태도는 아주 우습고 어이가 없다!

이런 데서 쓸데없이 감성 폭발하지 말고 일이나 열심히 해라!

아, 이래서 일기는 일기장에 쓰라는 건가.

분명 인테리어 관련 기사인데 '애 낳으면 어쩌려고 저

렇게 하고 사냐'며 혀를 차는 댓글.

고민을 털어놓는 후배에게 '니가 아직 몰라서 그러는 데,' 나무라듯 말하는 선배.

청첩장을 들고 한참을 고민하다 연락한 친구에게 '너 그러는 거 아니라며' 혼내는 동창.

상담을 받으러 갔더니 느닷없이 '상담하는 말투'에 상담을 시작하는 상담사.

자기가 먼저 문을 잡아 주고선 뒷사람에게 '저기요, 인사는 하셔야죠?' 성질내는 낯선 사람.

눈이 아파 안과에 온 환자에게 '이 정도 피로감 없는 사람이 어디 있냐'며 굳이 한마디 보태는 의사.

한 조각의 정보를 쥐고선 타인의 전부를 평가하고 가르치려 드는 사람들. 왜 그렇게 온 사방에 참지 못하고 분노의 훈계를 하느라 바쁜 걸까? 대체 그것이 '당신과' 무슨 상관이기에.

사람들이 화났다. '일단 화내기'라는 새로운 인사법이
라도 생겨난 것 같다. 도무지 '선빵'을 날리지 않고서
는 소통이라는 것을 할 수 없다는 듯, 마치 유행처럼
문득 싸움을 걸고 일단 날을 세운다. 한번 시작된 싸
움은 누군가 이길 때까지가 아니라, 누군가 그만 싸우
고 싶을 때까지 계속된다.

어느 날 나는 생각보다 내가 소위 '일베 용어'를 꽤 많
이 안다는 것에 놀란 적이 있는데, 그것은 슬프게도
포털 사이트의 댓글란을 습관처럼 열심히 들여다본
덕분(?)이었다.

인터넷 댓글창이란 본디 어떤 주제에 대해 서로의 의
견을 자유롭게 교환하기 위한 공간이다. 헌데 이상하
게도 지금 그곳은 누가 누가 더 대단한 지식과 독한
말발을 가졌는가를 두고 자유롭게 싸우는(!) 공간이
되었다. 문제는 본문의 내용과는 상관없이, 그 댓글들
이 결국에는 몇 가지 '싸우기 좋은' 주제로 귀결된다는
데 있다. 다들 어디서 크게 한 대 맞고 오기라도 한 것

처럼, 저마다 씩씩대며 오늘치의 분노를 꺼내 들고 이곳저곳에 던지고 쏘고 날리는 것이다.

이건 네가 못생기고 뚱뚱한 탓이다!
저건 네가 잉여에 생각도 없는 모지리인 탓이다!
이런 것도 모르고 댓글을 달다니, 너의 인생은 참 쓸데없군!

어쩌다 '그것은 이것과 상관없지 않냐'며 누군가 받아치기라도 하면, 순식간에 그는 'X선비', '진지충'이 된다. "웃자고 한 말인데 죽자고 달려든다" 혹은 "이런 건 좀 센스 있게 넘어가면 될 것을" 하며 그들의 '딴지'에 논리적으로 반박하는 사람을 융통성 없는 바보로 만든다. 본질을 벗어나도 한참 벗어난 이 난장에, 피융— 설득력은 없고 공격력만 탑재한 오지랖의 화살이 날아다닌다.

대학 시절, 나의 전공과목엔 발표와 토론 위주의 수

업이 많았다. "그럼, 선배님 이름도 뺄~게요!" 했던 한 음료 광고에서처럼, 그때나 지금이나 대학생의 팀플 과제란 목마른 몇몇이 울며 겨자 먹기로 파는 우물 같은 거였다. 다른 팀원이 열심히 준비한 발표를 심드렁히 흘리던 교실 분위기는, 그러나 질문 시간이 되면 사뭇 달라졌다.

교수님이 질문 있나? 할 때는 쥐 죽은 듯 조용하던 교실이, 다른 이들의 팀플 과제에 대한 질문 시간이 되면 기다렸다는 듯 손을 들어 가시 돋친 말투로 '공격'을 개시했다. 발표의 논지와는 별 상관없는, 도대체 저 질문을 지금 여기서 왜 하는 걸까 싶은 질문을 위한 질문들이 쏟아져 나왔다.

그것이 '참여 점수'를 보겠다며 펜을 들고 삐딱하게 앉아 계시는 교수님을 향한 것이었는지, '나도 이 정도면 이 수업에 아주 큰 기여를 하고 있지, 암!' 하는 자기만족을 위한 것이었는지는 분명치 않다. 확실한 것은, 비난과 비판을 구분하지 못했던 그 교실에 '다름'이란 존재하지 않았다는 사실이다.

그럼, 회사에서는 뭔가 다를까?

그럴 리가! 우리는 모두, 회사에서 상대의 의견과(특히 상사의 의견과) 반대되는 생각을 말했을 때, 상대가 갑자기 상처받거나 반대로 나에게 격노하는(!) 상황을 겪은 적이 있다. 그리고 나서 상대는(상사는) 굉장히 많은 '내 말은 맞고 네 말이 틀린 이유'를 장황히 늘어놓는데, 사실 그의 말을 차 떼고 포 떼고 정리해 보면 결국 이 한마디라 할 수 있겠다. 야이씨, 내 말에 토 달지 마!

그냥 다른 '의견'을 제시했을 뿐인데, 그것을 '나에 대한 공격'으로 받아들이는 것이다. '내가' 이렇게 열심히 생각해서 낸 의견인데, 어떻게 네가 '나한테' 감히? 상대가 쉽게 감정적이 될 수 있다는 것을 알기에, 다른 의견을 제시하는 것은 점점 더 어려워진다. 결국 맘에도 없는 동의를 하는 순간이 쌓이고, 그 작은 스트레스들은 오지랖, 분노, 훈계, 피해 의식 등의 폭탄이 되어 엄한 곳에서 펑펑 터진다.

수도자이자 작가인 코이케 류노스케 스님은 그의 저
서 『생각 버리기 연습』, 『번뇌 리셋』 등을 통해 이런
현상을 우리가 가진 '만慢의 번뇌'에서 비롯된다고 해
석한다. 만의 번뇌란, '남들에게 좋게 평가받고 싶어
걱정하며 본인의 주가가 깎일까 봐 조바심 내는 탐욕
의 번뇌 중 하나'로, 일종의 자기 이미지에 대한 과한
집착이다.

상대가 가볍게 한마디만 해도 극도로 방어적인 태도
를 보이며 자기변명을 늘어놓는다거나, 본인이 '좋은
사람'이라는 이미지를 갖기 위해 마음에도 없는 공감,
혹은 사과를 한다거나, 위로받으려는 상대에게 오히
려 훈계를 함으로써 본인의 '더 나은 위치'를 위안 삼
는다거나 하는, 어떤 면에서는 피해 의식과도 비슷한
맥락이겠다.

예전에 한 회사 선배가 이런 이야기를 했다. 과거 컴
퓨터가 없었던 시절, 광고 회사에서의 프리젠테이션
은 모두 인쇄물을 붙인 보드를 이용해서 했는데, 그분

의 상사가 당시 신입사원이었던 그에게 "보드를 절대 네 몸 앞에 들지 말고, 약간 옆으로 비껴 들어라"라고 했다는 것이다. 아니 왜요?

그 이유는 이렇다. 보드를 내 몸 앞에 들고 발표를 하면 클라이언트가 하는 모든 비난의 화살이 나한테 와서 꽂힌다. 왠지 열심히 노력한 나를 까는 것만 같아 자꾸만 방어적인 말이 튀어나온다.

하지만 보드를 옆으로 들면? 그때부터 그 보드에 적힌 것은 '나 자신'이 아니라 '나의 의견'이 된다. '나'와 '나의 의견'이 분리되는 것이다. 클라이언트가 무슨 말을 해도, 그것은 나의 의견에 대한 '다른 의견'일 뿐이지, 결코 나를 욕하는 것이 아니다. 굳이 방어적인 말로 논점을 흐릴 필요도, 필요 이상으로 자존감에 상처를 입을 필요도 없다는 것이다.

지금까지 지칭한 '그들'은 사실 나 자신이고, 어쩌면 당신이다. 수도자가 아닌 평범한 우리들을 화나게 하는 이유는 많다. 세상이 팍팍해서, 나란 존재는 어디에서도 인정받지 못하는 것 같아서, '만의 번뇌'가 뻗쳐서 등등. 쉽게 말하면 못살겠어서 그렇다. 마냥 너그러운 마음을 가지고는 단 1초도 손해 보지 않고 살기가 너무 힘든 세상이라서. 하지만 그렇게 세상을 향한 시선을 뾰족하게 갈고 있는 사이, 우린 스스로를 그 누구도 안아주지 못하고 그 누구에게도 안길 수 없는 고슴도치로 만들어 버린 것은 아닐까.

요즘 따라 누군가가 자꾸만 나를 무시하는 듯한 기분이 든다면, 그래서 누구에게라도 한 수 가르쳐 주고 싶어 견딜 수가 없다면, 당장에라도 내뱉고 싶은 그 말을 잠시 옆으로 비껴들고 한번 차분히 생각을 해 보는 것이 좋겠다. 과연 내가 지금 내세우고 싶은 것이 나인지, 나의 의견인지를. '멋진 나'에 대한 집착은 일단 최대한 내려두고서.

평범한 우리들을 화나게 하는 이유는 많다.

세상이 팍팍해서, 나란 존재는

어디에서도 인정받지 못하는 것 같아서,

'만의 번뇌'가 뻗쳐서 등등.

쉽게 말하면 못살겠어서 그렇다.

하지만 그렇게 세상을 향한 시선을

뾰족하게 갈고 있는 사이,

우린 스스로를 그 누구도 안아주지 못하고

그 누구에게도 안길 수 없는

고슴도치로 만들어 버린 것은 아닐까.

아니, 결혼은 언제 하려고?
: 전방에 오지랖 주의 구간입니다

나는 삼땡이다.

삼땡은, 서른 살이 아니라 삼이 두 개인 나이를 뜻한다는 것을, 삼땡이 되고 알았다. 어쨌든 앞자리가 '3'으로 바뀌면서부터 나는 이십 대 후반부터 슬슬 들어오던 '그 질문'의 본격적인 대상이 되기 시작했다. 처음에는 어쩌다 오랜만에 만나는 이들이 물었다면, 어느새 회사 식당에서 마주친 아래층 팀장님이 물었고, 3이 두 개가 되자 그것은 마치 밥은 먹었냐는 느낌으로 지나가는 아무나 인사하듯 던지는 것이 되었다.

"아직 좋은 소식 없어?"

여기다 잽싸게 아, 좋은 소식이요! 저 유학 갑니다! 하하하하 라든가 (상대가 기대하는 '그 답'이 아닌 다른 무엇이라도) 했다가는 본전도 못 찾는다. 애써 둥글게 굴러왔던 질문이 이번엔 발톱을 세워 제대로 날아온다.

"아니, 결혼은 언제 하려고?!"

유학 전 회사에 휴직원을 제출하러 갔을 때, 서류를 받아 든 인사팀 직원이 내게 제일 먼저 한 말이 '아니, 결혼은 언제 하시게?'였다. 유학 소식을 전해들은 회사 사람들에게서 '가면 남자를 많이 만나라'는 조언을 이미 꽤나 들은 후였다. 유학 중 잠시 한국에 들어왔을 때, 엄마와 함께 갔던 동네 세탁소에서도 그 일은 일어났다. 영국은 드라이클리닝이 말도 안 되게 비싸다는 둥 우리의 대화를 듣던 세탁소 아저씨가 문득 엄마를(내가 아니라, 엄마를) 쳐다보며 속상하겠다는 듯 말했다.

"공부는 하러 가고, 다른 건 안 가고?"

이쯤 되면 왜 그들과 흩날리는 미세먼지만큼의 관련도 없는 남이 결혼을 하는지 마는지에 그렇게 신경들이 쓰일까 궁금할 지경이다. 아니, 내가 지금 범죄를 저지르고 있는 거야? 그렇다면 이해를 하겠다. 법과 도덕은 만인이 상관해야 할 문제니까. 뭣보다 유학을 가면 평생 결혼은 안 하는 건가? (나는 비혼을 선언

한 적이 없다.) 삼땡을 목전에 둔 내게 유학이라는 건 마치 결혼에 대한 환불 불가 기회비용이라도 되는 양, 이 유학을 위해 고생스레 보낸 지난 시간들과 앞으로의 목표들이 무색해질 만큼, 정말 상상 밖으로 많은 이들이 유학이라는 주제와 전혀 상관없는, '30대 결혼 대기자'로서의 내 1년간의 공백을 걱정했다. 아, 그 시간 동안 한국에 있으면, 나는 그럼 최선을 다해 결혼을 하게 되는 건가?

결혼은 될 수 있는 대로 늦게 해라. 언니 궁서체다.
결혼? 해도 후회하고 안 해도 후회 해. 그러니까 할 거면 빨리 해.
애 낳을 거 생각하면 지금쯤 결혼할 남자를 만나고 있어야지. 지금도 빠른 거 아냐.
금요일 밤에 혼자 집에 있다고? 당장 뭐라도 바르고 어디라도 나가!
능력 있으면 혼자 살어. 요즘은 여자가 결혼으로 잃는 게 더 많아.
혼자 외로워서 어떻게 사니. 몇 살 더 먹으면 이제 너

좋다는 남자도 없다?

해라, 마라, 빨리 해라, 늦게 해라, 사실 결혼은 서른을 전후로 내가 인생에서 무슨 선택을 하든, 때론 아무것도 하지 않고 있다는 이유로, 사람들이 내게 한마디 할 수 있는 '꺼리'였다. 그들에 따르면 '지금은 괜찮지만 조만간 훅 갈' 나이였다가, '여자로서 고3과 같은' 나이였다가, 이젠 '그 까다로운 눈을 좀 낮춰야 할' 나이라는 나는 여전히 저 질문에 대해 '그러게요. 하하하' 이상의 깔끔한 대답은 찾지 못했다. 아니, 그 이상의 대응책을 일일이 마련하기엔 그것이 너무 아무데서나, 온 사방에서, 깜빡이도 켜지 않고 훅 들어오는 탓이다. 처음 보는 세탁소 아저씨에게서, 커피 한 잔나눈 적 없는 회사 사람으로부터.

여기선 왼쪽, 저기선 오른쪽, 이쪽에선 속도를 좀 높여야(혹은 줄여야) 한다며 주변에서 묻지도 않은 '내 인생 최적 경로'를 안내해 주는 일은 사실 굳이 결혼이라는 경유지 하나에서 끝나지 않는다. 가깝게는 지금 읽고 있는 책에서부터 다음 주에 떠날 여행, 나아가 회사 생활에 대한 태도나 시월드를 대하는 자세(!)까지 본인이 해 봐서, 내가 너 걱정돼서 하는 조언거리는 넘치고 깔렸다.

음, 근데 조언이란 원래 좋은 게 아닌가? 내가 해 보고, 먹어 보고, 뭐가 똥인지 된장인지 알려준다는 데 그게 왜 나빠? 그것이 왜 나쁘냐면, 어떤 경우엔 그것이 일반적인 조언을 넘어 지적과 강요의 모습을 하기 때문이다. 그것도 순전히 주관적인 판단 기준을 가지고. 누군가 나는 이런 책을 좋아한다, 나는 이것에 대해 이렇게 생각한다 하면 '아 너는 그러냐' 하면 되는데 굳이 그것을 본인의 개인적인 경험에서 나온 기준에 맞추어 서걱서걱 재단을 하는 거다. 때론 그 '이해 안 감'의 감정을 못 이겨 스트레스까지 받아 가면서. 너는 왜 그런 책을 좋아하니. 그것은 고급진 취향은 아니구나. 윽 그걸 그렇게 먹는다구? 정말 먹을 줄 모르네. 왜 그 멋진 곳까지 가서 그런 시시한 여행을 하려고 하는 거지? 그 도시에선 이것과 저것을 꼭 해 봐야 하는 건데. 왜 굳이 여길 그만두고 저런 회사에 갈까. 경험상 그런 커리어는 별론데. 내가 다 겪어 봐서 안단 말야.

본인의 '인생 하나'에서 경험해 본 어떤 것을 기준으로 삼아 수많은 모습으로 다른 인생에게 던지는 조언은 관심과 추천이라기보단 참견과 오지랖이 되기 쉽다. 특히 듣는 이의 상황은 어떠한가, 나와 그의 사이는 어느 정도인가 등에 대한 고려 없이 단지 '내가 먼저 겪어봤다'는 사실을 권리처럼 행사하는 가벼운 개입은 나쁘다. 최소한 "듣는 사람 입장에선" 나쁘다.

'먼저'와 '나중'이 직급과 연차로 분명하게 드러나는 회사라는 집단에서는, 우리가 사회적으로 형성하고 있는 그 어느 집단에서보다 이런 오지랖이 심각하다. 모두가 비슷한 환경에서 일하고 있으니 덜할 것 같은데, 오히려 순서만 다르지 각자가 겪게 되는 경험의 종류

가 비슷하기 때문에 자기의 과거 경험에 비춰 상대의
처지를 쉽게 판단하고 개입하는 일이 생긴다. 내가 해
봤는데 아니던데?, 그 생각은 틀렸어, 나라면 그렇게
안 한다, 네가 아직 뭘 몰라서 그래, 등등.

가려는 목적지에 대한 길 안내라기보단 운전법에 대
한 훈수에 가까운 이런저런 간섭들에 치이다 보면, 차
라리 내 청첩장 찍히는 날짜에 대한 관심은 고마운 편
이라는 생각이 든다. 당신이 겪어 본 인생의 '그 부분'
에 대해, 나도 내가 좀 살아 보고 내 판단이 어떨지 보
면 안 될까요.

살면서 무언가를 겪음으로써 얻을 수 있는 것은 지혜
다. 본인이 힘들게, 때론 오랜 시간이 걸려 얻은 지혜
를 남들과 나누고자 하는 마음은 고맙다. 하지만 길을
가다가 다짜고짜 앞뒤 없는 전도를 당해 봤거나, 내민
팜플렛을 받아가지 않았다고 해서 '넌 지옥에 갈 것'이
라는 악담을 들어 본 사람이라면 '내가 좋다고, 혹은

나쁘다고 생각하는 어떤 것을 나와 아무 관계없는 이에게 들이미는 것'이 상대방에겐 어떤 느낌일지 공감할 수 있을 것이다.

그래도 나는 최소한 내가 관계 맺고 살아가는 사람들과는 서로 궁금해하고, 이래저래 참견도 해 가며 사는 게 좋다면, 차라리 마음 놓고 부려도 되는 '긍정의 오지랖'을 권하고 싶다. '내가 해봤으니 다 알아!' 보다는 '나도 해봐서 너를 이해해'라는 공감을, '남들 다 하는 이건 언제 하려고?' 대신에 '네가 지금 하려는 그게 궁금해!'라는 관심을, '이건 옳고, 저건 틀려' 하는 판단 대신 '한번 해 봐!' 하는 용기를 건네주는 거다. 세상에 그 누가 나를 응원하는 참견을 싫어할까?

나그네 길, 꽃길, 고생길, 흔히 길에 비유하는 인생길엔 정해진 교통법규가 없다. 70억 가지의 길 위에서 누구는 빨리, 누구는 천천히, 누구는 이 길로, 누구는 저 길로 간다. 때론 가던 목적지를 바꾸기도 하고, 없던 길을 만들어 가기도 하고, 어떨 땐 꽤 오래 아무 데도 가지 않고 멈춰 서 있기도 한다. 길가의 안내판이 성큼성큼 도로에 뛰어들어 내 옆에 탑승하지 않더라도 어딘지 든든함을 주는 것처럼, 우리는 서로에게 왜 이 길과 저 길로 가지 않냐며 참견하는 내비게이션이 될 수는 없어도 적당한 거리를 두고 선 안내판은 되어줄 수 있다. 서로의 길에 든든한 참고가 되기를 바란다는 마음으로.

그러니, 제 길 위에서 좋은 소식 그만 탐색하셔도 됩니다. 30대 젊은이의 길에 결혼 말고도 좋을 수 있는 소식은 얼마든지 많답니다.

치열함은 죄가 없다

: 누가 내 노력의 가성비를 따지나

이젠 더 이상은 새로울 것이 없다며 방송사들마다 넘치던 오디션 프로그램을 하나둘 내리기 시작하던 때, 심사위원이 아니라 '국민 프로듀서'들이 직접 아이돌 그룹을 만든다는 기획은 꺼져가던 서바이벌 프로그램의 유행을 단번에 심폐소생했다. 처음엔 교복을 입은 연습생들의 군무에 뜨악해하던 시청자들도, 어느새 최종회쯤 가면 자신의 '최애' 연습생이 떨어질까 맘을 졸였다. 고백하자면, 작년 봄엔 나 역시 금요일 밤 이불을 둘러쓰고 TV 앞에 앉아 과연 누가 뽑힐까를 꼽아보던 애청자 중 하나였다.

사실, 새벽 2시까지 잔인하게 이어지던 그 프로그램의 최종회를 보다가 나는 조금 울컥했다. 내가 응원하던 연습생이 탈락해서가 아니라, 어른들이야 편집으로 장난을 치건 말건 한결같이 청량한 모습들에 눈이 시려서도 아니라, 그 시각까지 연습생 한 명 한 명의 치열함에 목이 터져라(혹은 엄지가 닳도록) 장외 응원을 보내고 있던 사람들의 모습 때문이었다. '저렇게나 많은 연습생 사이에서 노력한다고 뭐가 되겠냐'던 초반의 회의는 여전히 존재했지만, 회를 거듭해 가며 그들의 간절함에 감정을 이입한 사람들은 더 이상 그 노력의 '가성비'를 언급하지 않았다. 꿈에 한 발짝 다가선 연습생들도, 아쉽게 발을 멈춘 이들도, 인생에서 무언가를 그 정도로 치열히 해 보았다는 것 자체로 뜨거운 박수를 받았다.

이것이 울컥하리만치 인상적이었던 이유는, 요즘처럼 노력이라는 가치가 홀대받는 때가 없기 때문이다. 노력해 봤자 '노력한 만큼' 이루기 힘든 사회에서, '노오력이 부족하다'는 프레임은 역설적으로 죽어라 노력하는 사람들의 치열함을 빛바래게 했다. 노력이 노오력의 공격을 받는 동안, 꿈이라는 단어는 말하는 사람도 듣는 사람도 낯간지러운 낡은 말이 되었고, 누군가의 치열한 오늘엔 응원 대신 이런 핀잔이 따라붙었다. '뭘 그렇게까지 빡세게 하냐, 그래 봤자 너만 힘들지.' '너무 그렇게 팍팍하게 살지 마라, 어차피 다 이루지도 못할 거.'

직장을 다니며 분초를 쪼개 이직을 했고, 급작스런 밤샘이 일상인 광고 일을 하면서 유학과 출판 준비까지 병행했던 나 역시 그렇게 편한 시선을 받지는 못했다. 어차피 그 노력들이 전부 보상받지는 못할 텐데, 넌 '너무' 욕심내서 애쓰고 있다고. 네가 그렇게 꿈이란 걸 꾼답시고 '굳이' 발가락에 힘주고 사는 바람에, 괜히 옆에 있는 사람들까지 불안해지지 않느냐고. 요즘 뭐 하고 사느냐는 질문에 무엇 무엇을 하며 산다는 대답을 했을 뿐인데, 이상하게도 나는 매번 다른 이들에게 '너무, 혹은 필요 이상으로' 빡센 내 인생에 대한 변명을 덧붙여야 했다.

답답한 것은, 나는 엄마도 아닌 남들에게 내 인생을

투정 부린 적이 없다는 사실이다. '힘들어 죽겠는데 해
내고는 싶다'며 답정너 식의 위로를 기대하거나, 내 바
쁜 일상에 대한 타인의 배려나 이해를 구한 적도 없
다. 오히려 그 '넌 너무-'로 시작하는 말들이 너무 듣기
싫어 때로 전혀 바쁘지 않은 사람인 체 했다면 모를
까. 내 인생에 대한 치열한 고민이 만든 치열한 내 삶
의 방식은, 종종 내 인생에 크게 관심 없는 타인에게
비정상적인 '노오력'으로 비쳤다.

많은 경우, 노력은 보상받지 못한다. 이건 팩트다. 그
러나 '그러니까' 더 많은 노력을 해야 한다는 사회적
강요와 '그럼에도' 누군가 스스로 노력을 쏟아붓는 자
발적 선택은 크게 다르다. 후자의 치열함엔 이유가 있
기 때문이다. 치열한 인생엔 그렇지 않은 삶에 비해
더 많은 좌절의 폭풍우가 친다. 아무도 시키지 않았는
데 스스로 그런 궂은 날을 선택해 가며 사는 데에는,
좌절의 두려움을 넘어서는 크기의 간절함이 있다. 투

자한 노력의 대부분을 돌려받지는 못할지언정, 타는 듯한 현재의 갈등을 풀기 위한 방법을 찾고, 파고들고, 찔러보는 시도라도 해 보지 않고는 견딜 수가 없는 것이다. 그래서 끊임없이(혹은 어쩔 수 없이) 사방으로 고민의 촉수를 더듬거리고, 오늘의 끝에 꾸역꾸역 내일을 위한 시간을 이어붙인다. 온 힘을 다해 치열하게 소진한 그 에너지가, 다시 오늘의 나를 내일로 밀어주는 가장 센 삶의 동력이 된다.

덮어놓고 '넌 왜 노력하지 않아? 노오력을 해!' 하는 말이 반박할 가치조차 없는 것처럼, 반대로 '뭐하러 그렇게까지 노력하느냐'는 시선에도 나는 동의하고 싶지 않다. 노력해도 안 되는 세상이 문제지, 스스로가 원해서 하는 노력은 죄가 없기 때문이다. 그것이 어렵다는 것을, 혹은 소용없으리라는 것을 잘 알면서도 노력해 볼 것인가의 여부는 철저히 개인의 선택이다. 그 치열함은 타인이 강요할 수도 없고, 반대로 폄하할 수도 없다.

언제나 한쪽 다리를 오늘과 내일 사이 어디쯤 걸치고 있기 때문에, 지금을 삶과 동시에 다음을 준비하는 이의 외줄타기는 필연적으로 위태롭다. 현재의 상태를 원하는 다른 상태로 변화시키는 데엔 당연히 엄청난 에너지가 든다. 언제가 될지 모를 변화의 순간, 무엇이 될지 모를 내일의 나를 위해 소중한 오늘을 쪼개 공부를 하고, 이력서를 쓰고, 아직은 말도 안 되는 계획과 씨름하느라 밤을 늘이는 일들은 정말이지 가끔은 죽을 맛이다. 그러나 치열한 우리, 꺾이지 않기를. 외로워도, 답 없는 날들에 슬픔이 차올라도, 우리의 간절함이 선택한 삶의 방식에 지치지 않기를. 오늘도 조금씩 조금씩 꿈을 현실로 분갈이 중인 이 치열함을, 나는 치열하게 지지한다. 간절히 원하는 것은 단지 간절함만으로 이룰 수 없다는 것을, 우리의 수많은 밤은 알고 있다.

'넌 왜 노력하지 않아? 노오력을 해!' 하는 말이

반박할 가치조차 없는 것처럼,

반대로 '뭐하러 그렇게까지 노력하느냐' 는

시선에도 나는 동의하고 싶지 않다.

노력해도 안 되는 세상이 문제지,

스스로가 원해서 하는 노력은 죄가 없기 때문이다.

'과정'은 사랑받을 자격이 없나
: 어느 성취 중독자의 속마음

그런 날이 있다. 무슨 특별한 일이 있었던 것도 아닌데 집에 오는 걸음걸음이 유난히 질척이는 날. 아무도 내게 싫은 소리 하진 않았는데 딱히 좋은 소릴 들은 것 같지도 않은 날. 지하철 문에 떠밀리듯 기대 세상 잘나가는 사람들만 모여 사는 스마트폰 속을 구경하다 보면 참 나만큼 '별일 없이 사는' 사람도 없는 듯한, 지금 내가 탄 이 삐걱대는 지하철만 빼고 세상 전부가 무지개 동산으로 달려가고 있나 싶은, 그런 날.

도무지 맘에 드는 구석 하나 없는 내 모습을 창 너머 멀거니 마주 보는 일이 낯설지 않은 건, 그런 날도 이젠 일상인가 싶어서다.

난 지금까지 뭐했냐.

가끔 일에서도, 삶에서도 지금 이 순간 딱히 뚜렷한 (페이스북 대문을 바꿔 달 만한) 무언가를 성취하지 못하고 있다는 사실이 느껴질 때면 조금 전과 똑같을 게 분명한 스스로가 한순간에 엉덩이에 구멍 난 풍선처럼 쭈글해 보인다. 하루하루는 오지게 바쁜데 막상 한 달, 1년이 말도 없이 훅 가 버리면 그동안 나는 뭐했지 싶어 그렇게 허무할 수가 없다. 그러니까 왜 괜히 카톡 프사들은 눌러 봐 가지고.

아니 그리고 한 살씩 먹을 때마다 '이 정도는 해(놨어)야 한다'는 건 또 왜 그리 많은지. 좀 전에 눌러 본 프사 속 삶들을 보면 똑같이 회사를 다니면서도 언제 그렇게 다들 부업에 사업에 결혼에 육아에 각종 모임에…… 다들 하루가 48시간쯤 되는 건가?! 나름대로 스스로를 지지리 볶아 시간 사이에 시간을 끼워 넣으며 살고 있으면서도, 몇 년째 리모델링 중인 건물마냥 하염없이 '도전 중' 팻말을 걸어 둔 인생 상태를 자각할 때면 마음은 긴급회의에 들어간다. 언제까지 도전 '중'이기만 할 거야? 어쨌든 계속 도전 중이라는 건, 아직 어느 것도 온전히 이루지 못했다는 말 아니야? 일 그만 벌이고 뭐 하나라도 좀 끝내 보란 말야. 언제까지 '열심히 사는 애'로만 살 수 있을 것 같애?

안 그래도 바빴던 마음이 더 바빠진다. 서른을 지나며 사회가 정해 놓은 '몇 살엔 이것' 기준을 애써 모른 체하며 달려왔더니, 이젠 스스로가 납득할 수 있는 성취기준이 애매지다. 회사 밖 어디서도 속 시원히 성적표가 나오질 않으니 지금 내가 뭘 하려고 이렇게 하루하루 정신이 없는가 확실하지가 않다. 바쁨 더하기 바쁨의 답은, 당장엔 '더 이룸'이 아니라 그냥 더 바쁨이다.

게다가 아무리 생각해도 내 개인적인 성취를 방해하는 가장 큰 주적(?)인 회사에서는, 내 영혼이 체다 치즈 갈 듯 아득바득 갈려 나가는 그곳에서는, 당신 참 잘했소! 라는 성적표를 받기 위해 치러야 할 값이 참으로 비싸다. 시력 감퇴, 의욕 감퇴, 수면 부족, 개인 시간 반납, 인간관계 축소. 어쩌다 'O 대리가 이런 건 잘하지' 한마디 들은 날엔 '또 무슨 일을 시키려고 그러지' 싶어 얼른 퇴근 짐을 싼다. 누군가의 한숨들로 얼룩진 지하철 창문에 대고 묻는다. '이놈의 회사는 언제까지 다닐 수 있을까? 아, 진짜 나중엔 뭐 해 먹고 살지? 그러니 진작 뭐라도 좀 꾸준히 배워 뒀음 좋았잖아. 연초에 등록한 기타 레슨 몇 번이나 갔어? 그놈의 영어학원에 갖다 바친 돈만 합쳐도 차 한 대는 샀겠다. 비싼 요가복은 사 두고 한 번이나 입었니?' 세상에서 나를 제일 심하게 갈구는 건, 아무래도 부장님이 아니라 나 같다.

그런데 계속 생각해 보면 또 억울한 것이, 나는, 우리는 참 되게 열심히 살고 있기 때문이다. 일도 적당히 (하지만 최소한 내 이미지가 무너지지 않을 만큼은 열심히) 하느라, 물도 충분히 마셔 주느라, 저녁엔 뭘 해 먹어야 하나 머릿속으로 냉장고 속 식재료를 짜 맞춰 보느라, 슬슬 부모님 댁에 전화할 타이밍을 보느라, 미루고 미룬 치과와 정형외과 예약을 또 한 번 미루느라, 아무것도 안 하고 드러누워 쉬고 싶지만 막상 마음이 헛헛해질 것을 대비해 주말 계획도 하나쯤 만들어 두느라, 퇴근길 받은 외국어 학원 리플릿을 챙겨 보느라, 올해는 어디로 여행을 갔다 와야 남은 1년을 또 버틸 수 있을지 미리미리 최저가 항공권을 검색하느라, 화장실 갈 때마다 틈틈이 내 소셜 미디어 타임라인도 들여다보면서, 오늘의 회식에서 붙어 온 소주 한 잔어치 뱃살을 떨어내느라 자기 전 스쿼트도 짬짬이 해 가면서, 내일 아침 회의 자료와 쓰다 만 이력서가 뒤엉킨 스마트폰 속을 헤집다 그대로 잠이 들 때까지.

다른 이들의 평범한 일상에는 잘했다, 부럽다며 너무 쉽게 엄지를 치켜세워 주면서, 단 1초의 틈도 없이 하루를 메우는 이런 스스로의 '살아내기 위한 노력'을 우린 종종 대수롭지 않게 내려 깎는다. 그게 뭐. 오늘 회의 하나 잘 끝낸 게 뭐. 그래 봤자 회사가 돈 벌지 내가 버냐. 영어학원 레벨업 하나 한 게 뭐. 다 오래 다녀서 그런 거지. 그래서 회사가 주재원이라도 보내 준대? 이직 준비, 막연히 하고는 있지. 근데 그게 뭐. 어차피 당장 옮길 자신도 없잖아. 좀 전에 헬스장 6개월치 결제한 거? 그게 뭐. 또 몇 번 가다 말지 않을까.

미래를 위해 이것도 저것도 해 봐야지 하며 시작했는데, 시작의 열정적 순간이 지나고 나면 원하는 모습이 되기까지의 과정 안에선 도무지 어디다 파이팅을 해야 할지 모르겠다. '지금 막' 시작했으면서 '결국' 성공하지 못할까 봐 뿌듯함을 아낀다. 남들이 나의 노력에 보내는 세모진 시선과는 별개로, 내가 나를 인정하지 못할 이유도 참 어지간히 많다.

나는 나를 좋아했었다.

TV에 나오는 에스이에스 언니들처럼 예뻤으면 좋겠고 우리 반 수정이처럼 인기가 많았으면 하고 바랐지만 그렇지 않은 내가 싫진 않았다. 나는 밥도 잘 먹고 되고 싶은 것도 많고 피아노도 잘 치는걸. 오늘 짝꿍이랑 아파트 상가에 가서 이렇게 우정 목걸이도 맞췄는걸. 내가 오늘의 나를 좋아할 이유는 대단할 필요가 없었다. 나는 나를 그냥 좋아할 수 있었다.

오늘 처음으로 떴다 떴다 비행기를 두드려 보고는, 나는 피아노를 잘 친다고 두 손을 구리구리까지 해 가며 자랑스레 말할 수 있었던 건 내가 어쨌든 피아노를 치고 있기 때문이었다. 나는 일주일에 두 번씩 피아노 학원에 가고 있고, 매일 선생님이 그려 준 꽃봉오리를 다섯 개씩 색칠해 가며 연습하고 있으니까. 이제 막 피아노 앞에 앉았으면서 '이만큼의' 시간이 흐른 뒤 '원하는 만큼' 잘 칠 수 없게 되면 어떡하지, 걱정하는 건 여덟 살의 일이 아니었다. 대신 앞으로 계속 더 잘 치게 될 것이 분명한 수많은 시간들에 가슴은 콩콩거렸다. 그때는 있었지만 지금의 내겐 없는 것, 그건 나의 미래가 얼마든지 나를 기다려 줄 거라는 여유였다. 나는 나의 가능성을 좋아했었다.

더 이상 여덟 살이 아닌 나는 나를 기다리는 것이 힘들다. 무언가 눈에 보이고 손에 잡히기 전까지의 상태는 매 순간이 불편하다. 영원히 내 앞에서 나를 기다려 줄 것만 같았던 시간은, 어느새 내 뒤로 돌아와 바싹 나를 다그치고 있다. '아직 요만큼밖에 안 갔어? 뭐야, 약속이 틀리잖아.' 내게 주어진 미래가 한정된 자원이라는 것을 알게 된 이상, 스스로의 선택에 대한 책임과 감수해야 할 기회비용은 내 마음속에서 너무나 커져 버렸다. 그래도 애써 용기를 긁어모아 무언가를 시도했는데, 상황이 변해 버리거나 사실은 다른 선택이 더 좋았을 거라는 생각이 들면 아직 맘속에 정해 둔 목표치에 가깝지도 않은 오늘의 내가 밉다.

그래서 시작한 지 이틀밖에 안 된 운동이나 취미를 놓는다. 시간과의 싸움에서 지기만 하는 나 자신을 매일 마주하는 게 너무 싫어서. 합리적 핑계를 만들어 둔다. 나는 노력하고 있지 않으니까, 이 정도면 괜찮아. 그랬더니만 이제는 노력하지 않는 내가 싫다. 사실 이 정도로 괜찮지가 않아서. 남들이 포기하지 않는 게 보여서. 노력 중이면 그래서 불안하고, 노력하지 않고 있자니 그래서 불안하다.

아, 대체 어쩌자는 거야? 나의 한숨으로 더 새카매진

지하철 창문이 덜컹덜컹 묻는다.

있는 그대로의 자신을 사랑하세요.

이런 류의 조언만큼 나 같은 성취 중독자에게 어려운 말이 없다. 결국 또 무언가를 성취하러 유학까지 가서도 변함없이 스스로를 채근하는 나를 보면, 내겐 영원히 현재의 나란 없는 걸까 싶어 스스로가 짠하기도 하다. 물론 어쩌면 그 때문에 내가 계속 내가 가고자 하는 길을 한 발 한 발 갈 수 있게 되는 건지도 모른다. 그래, 한 발 한 발. 어차피 평생 시간을 앞질러 가지 못할 거라면, 늘 성취가 고픈 내 심장을 바꿔 달지 않을 거라면, 일단은 내가 지금의 내 한 발을 좀 더 괜찮다 해줄 수 있었으면 좋겠다. 나 어쨌든 가고 있으니까. 아무것도 안 하는 나, 게으른 나의 모습까지 억지로, 있는 그대로 사랑하지 않아도 괜찮으니까, 최소한 오늘도 끝까지 살아낸 나를 약간만 더 뿌듯해할 줄 알면 좋겠다. 결론 없이도, 성적표 없이도, 시작과 과정만으로 나를 그저 좋아할 수 있었던 그때처럼.

뭐든지 잘하는 것 같았고, 언제나 사랑받는다고 믿어
의심치 않았던 나는 지금 어디에 있을까? 어쩌면 너
무 오랫동안 나는, 지쳐 가는 나를, 외로웠던 나를, 그
래도 어떻게든 노력하며 애썼던 나를 그저 '아직'이라
며 모질게 외면해 온 건 아니었을까.

〈 메모

아무것도 안 하는 나, 게으른 나의 모습까지 억지로,

있는 그대로 사랑하지 않아도 괜찮으니까,

최소한 오늘도 끝까지 살아낸 나를

약간만 더 뿌듯해할 줄 알면 좋겠다.

결론 없이도, 성적표 없이도, 시작과 과정만으로

나를 그저 좋아할 수 있었던 그때처럼.

04

언제쯤 안정될 수 있을까

언제쯤 안정될 수 있을까

: 불안이 불안한 김 대리에게

"남들이 들으면, 미친 소리라고 하겠지."

K는 쓴웃음을 지으며 말했다.

지난 봄 토요일마다 함께 남산 달리기를 나가곤 했던 그녀는, 나와는 대학 동창이자 비슷한 연차의 직장인이다. '토요일마다 달리기'라는 말이 주는 뭔가 있어보이는 느낌과는 달리, 주중 이미 모든 체력을 소모해버린 직장인 둘은 언제나 무리에서 가장 없어 보이는 모습으로 번갈아 꼴찌를 담당했다. 사실, 우리의 진짜 접선 목적은 운동을 핑계로 매주 찍는 먹방, 그리고 오후 내 이어지는 각종 고민—불안, 불만족, 걱정, 뒷담화—공유 타임에 있었다. 소모한 칼로리를 다시 그대로 입에 집어넣으며 K는 덧붙였다.

"회사에 나가 일만 하는 시간이 너무너무 불행해. 내 시간을 쓰레기통에 마구 처박는 느낌이랄까."

K는 공무원이다. 따라서 그녀의 '회사'는 이 나라 정부
다. 고등학교 때부터 2G 핸드폰에 '미래의 공무원' 여
섯 글자를 박아 넣고 공부했을 정도로 그녀는 쭈욱
'안정적으로' 공무원을 꿈꿨고, 계획대로 대학을 입학
한 이듬해 신림으로 갔고, 오래지 않아 진짜로 꿈꾸던
공무원이 되었다. 또래 모두가 여러 번의 진로 변경과
거지 같은 연애 실패에 허덕이던 서른, 그녀는 결혼했
다. 아마 뭇사람의 부러움을 샀을, 직업도 성격도 참
안정적인 남자와.

이 나라에서의 '안정 레벨'로 따지자면 소름 끼치게 완
벽한 스펙의 그녀를 몇 년째 괴롭히고 있는 고민은,
그녀 말마따나 남들이 들으면 미친 소리라고 할 만한
그것은, 그러나 놀랍게도 이러하다.

"도대체 언제쯤이면 안정될 수 있을까?"

대체 무엇이 되어야 할지 몰라 불안했던 20대를 지
나 일단 뭐라도 되고 난 후의 30대 초년생은, 혼란스

럽다. 기대와는 달리 여전히 불안해서. 분명 한때 너무나 간절했던 것 중 조금은 이루었고 죽어라 애쓴 시간들은 취업이라는 이름의 보상을 받았는데, 왜 마음은 여전히 쫄리고 방황하기를 멈추지 않는 건지. '자, 취업을 했으니 이젠 안정을 좀 취해 볼까?' 하는 순간, 마음 어딘가에서 '응, 아니야' 하는 대꾸가 들린다. 초반 얼마간의 경험을 통해 일만 죽어라 하는 건 좋지 않다는 깨달음을 얻었고, 그렇다고 일은 일대로 두고 전혀 다른 취미 활동을 하자니 언제 이 일을 그만두게 될지 몰라 왠지 무엇이든 써먹을 수 있는 걸 해야 할 것 같다.

수시로 밀려오는 불안함과 헛헛함에 이것도 해 보고 저것도 배워 본다. 자기 계발! 직장인 버전의 안정적 취미 활동이다. 평일 저녁 강남이나 을지로 등지의 영어 학원에 가면, 오만 군데의 사원, 대리, 과장들이 빼곡히 모여 앉아 "How was your day?" "It was great!" (뻥을 치며) 더듬더듬 그 날의 불안함을 달래고 있다. 대부분은 아직 머릿속에 널브러져 있는 내일의 할 일들을 미처 주워 담지 못한 채로, 야근과 팀장님의 잔소리를 끊고서, 아마 김밥이나 샌드위치를 대충 입에 뜯어 넣은 후에.

주말의 달리기 모임, 독서 토론회, 재테크 스터디, 가죽공예 클래스 등 각종 배움과 경험이 있는 곳엔 진짜로 그것에 관심이 있어서 온 사람들의 열정과 왠지 뭐라도 해야 할 것 같아서 온 직장인들의 불안함이 공존한다. 밑 빠진 독처럼 채워도 채워도 채워지지 않는 그 어딘가의 갈증을 채우기 위해 수많은 시작들을 반복하는 우린, 가끔 많이 지친다.

📁

K와 나는 머리를 쥐어뜯었다. 가장 큰 불안 요소였던 취업이 해결된 후에도 '아직' 안정이 되지 못했는데, 도대체 무얼 이룬 후라야 안정감을 느낄 수 있단 말인가? 이건 병인가? 겉으로 보기에는 참으로 멀쩡한 직업을 가진 젊은이들이 허구헌 날 디스코팡팡 난간에

라도 매달린 양 불안해하며 안달복달 살아가는 것이, 스스로 생각해도 어이가 없었다. 대체 이 끝없는 불안정함의 정체는 뭘까? 인생을 바쳐 대입→취업→독립→이직 등의 스테이지를 클리어한 후에 밀려드는 허무함? 아니면 너무 해야 할 것들이 많은 인생을 살아온 나머지, 계속 뭔가를 하지 않고는 못 견디는 관성의 법칙 같은 거라도 생긴 건가? 그럼 '아직' 남아 있는 결혼→출산→육아, 혹은 승진→주재원→이직 2, 이직 3…… 등등을 계속 클리어하고 나면, 그런 뒤에는 마침내 'Inner peace'가 찾아올까?

더 이상 잡아 뜯을 머리가 없을 즈음, 다른 의문이 생겼다. 반드시 안정적이 되어야만 한다는 이 강박은 어디서 오는 거지? 스스로 안정적이라 말할 수 없으면 평생 행복이란 것 근처에도 가지 못할 것처럼. 우리가 그토록 고파 하는 안정적인 상태, 말해 보자면 '내가 선택한 직업에 대해 한 터럭의 의심도 들지 않으며 마음속 불안함을 없애기 위한 그 어떤 노력도 필요 없는' 상태란 게 말이 되기는 하는 건가. 그리고 그 안정이란 건, 꼭 하나의 직업으로만 이룰 수 있는 걸까.

적어도 직업에 있어 '안정'이라는 두 글자는 오랫동안 대한민국에서 '철밥통'을 의미했다. 그러니까 자주 바꾸거나 땜질할 필요 없는 더 튼튼한 밥통을 주는 직장이, 더 안정적인 직장이었다. 그런 곳에 다녀야만 안정적으로 돈을 모아 집도 사고, 안정적인 배우자도 만나고, '평범한' 삶을 안정적으로 누릴 수 있다는 게 정설이었다. 물론 직장, 집, 배우자의 삼박자는 결코 평범한 포트폴리오가 아니다. 하지만 대다수가 '적어도 그 정도는 되는' 삶을 살기 위해 평범하지 않은 노력을 기울이며 이를 악물고 살았다. 안정적인 직장이, 안정적인 행복을 가져다줄 수 있다고 믿었다. 적어도, 우리 부모 세대는 그랬다.

우리는 그런 부모 밑에서 자랐다. '안정적 직장=행복한 미래'라는 등식에 길들여지며 인생에서 그것을 성립시키기 위해 우리도 이를 악물었다. 그런데, 막상 직장을 얻고 나서 보니 이것이 그 안정적인 상태가 맞는지 아리송하다. 우리가 자라 온 세상과 일해야 할 세상은 그새 달라졌다. 말도 안 되게 많은 직업이 생겼고, 없어졌고, 변했다. 내가 중학생 때 우리 엄마가 '돈 못 번다'며 뜯어말린 직업은 현재 최고로 각광받는 직업 중 하나가 되었다.(어머니!) 더 이상 하나의 직장에 머무는 것이 꼭 안정적인 것으로 여겨지지는 않게 되었고, 모두가 추구했던 정답과는 관계없이 세상의 선택지는 다양해졌다.

어느 회식 자리에서 50대 상사가 이런 농담을 했다. "직장 생활 별거 없어. 20대엔 20평, 30대엔 30평, 40대엔 40평, 50대엔 50평을 목표로 하고 살면, 대~충 맞아."
주변에선 허허허허 웃음이 터졌고, 30평은커녕 $30㎡$도 안 되는 월세방에 사는 그 자리의 30대들은 차마 웃지 못하는 입에 고기를 쑤셔 넣었다.

그의 말처럼 누군가 30대에 30평을 가능하게 해 줄 직장에 다닌다 해도, 지금의 사회에서 그것이 모두에게 안정적인 직업을 의미하지는 않을 것이다. 요즘의 직장인들은 '안정적인 직업'을 가진 사람만큼, '좋아하는 일'을 직업으로 가진 사람이 부럽다. 좋아하는 일을 찾을 때까지, 혹은 직장이 달라지더라도 나의 능력을 여전히 적용 가능한 "그 직업"을 찾을 때까지, 스스로의 직업적 상태를 안정적이라 규정하지 않기도 한다. '안정적인 직장'이란 행복의 충분조건으로서 여전히 유효하지만, 이젠 반드시 그것만이 행복의 필요조건은 아니기 때문이다.

한 사람이 일생동안 가지게 될 직업의 수가 늘어나면서, 내가 안정적인 회사에 다니는가만큼 내가 '안정적인 인력'인가의 여부가 중요해졌다. 그래서 오늘 저녁 영어 학원에서는 오만 군데의 사원, 대리, 과장들이 모여 더듬더듬 뻥을 치고 있는 거다. 앞으로의 세상이 또 어떻게 바뀔지 몰라서, 내가 좋아하는 일을 할 수 있는 기회가 인제 어디서 나타날지 몰라서, 지금은 일단 뭐라도 하고 있어야 할 것 같아서. 나는 '아직' 안정적이지 않으니까.

'안정적 직업'의 의미 자체가 변했기 때문에, 예전의 '일단 직장에만 들어가면 안정된 삶을 누릴 수 있다'는 명제는 더 이상 절대적이지 않다. 따라서 남들 보기에 좋은 직장을 얻었는데 정작 본인은 행복하지 않다거나, 취업한 지 10년이 다 되어 가는데 계속해서 진로 고민이 된다거나, 남들보다 잦은 이직을 한다거나 해서 스스로 그것을 이상하다거나 뭔가 잘못된 것이라 생각할 필요는 없다. 첫 번째 직장을 갖는다는 것이 더 이상 안정을 담보하지 않는 세상에서, '불안'이란 불안한 소수의 것이 아니라 모두에게 당연한 것이 되었기 때문이다.

K는 본인의 이름이 새겨진 철밥통을 끌어안고 몇 년 간 뼈가 시린 고뇌의 시간을 보낸 후 깨달았다. 어쩌

면 이 밥통은 그녀에게 아주 튼튼한 족쇄일 수도 있
겠다는 걸. 그녀가 깨달은 진짜 그녀의 모습은 이 튼
튼한 밥그릇에 평생 같은 밥을 담아 먹는 사람이 아
니라, 어디에서든 자유로이 밥을 먹을 수 있는 튼튼한
숟가락을 가진 사람이라는 걸. K는 고민하던 시간을
쪼개 야간 대학원을 갔고, 드문드문 독일어를 공부하
고 있다. 여전히 종종 나를 만나 고민 공유 타임을 갖
는다. 그녀가 꿈꾸는 20년 후 그녀의 모습은 모 부처
장관이 아니라 번역가이자 필라테스 강사이자 훌륭
한 엄마다. 얼핏 듣기엔 뭔가 비현실적이고 불안정한
것 같지만, 나는 그런 그녀의 목표가 이유도 모른 채
공무원 하나만 보고 달리던 예전에 비해 훨씬 더 안정
적이고 현실적이라 느낀다.

'지금까지 내가 이룬 모든 것에 100% 만족하고 가만
히 있어도 충만함이 넘쳐 흐르는 상태'라는 것을 안정
이라 한다면 이번 생에서 안정이 되기란 힘들 것이다.
스스로 내게 어울리는 삶의 형태가 무언가를 끊임없
이 고민하고, 흔들리며 나아가기를 반복하는 것은 시

금 간절히 원하는 무언가를 성취한 후에도 계속될 것이니까. 그러니 그러한 고민의 상태를 받아들이고 내 안의 불안과 화해를 하는 것은, 조금이라도 마음 편히 내 오늘과 다음 오늘을 그려 가기 위해 필요한 '요즘 직장인'의 숙제다.

이 산이 아닌개벼
: 시계는 방향을 모른다

소설가 김영하 씨의 산문집 『말하다』에는 그가 대학 시절 학군 후보생을 중간에 그만둔 때의 일화가 나온 다. 당시만 해도 학군단을 거쳐 장교로 임관하면 전역 과 동시에 대기업으로의 취업이 보장되었다는데, 그 꿀보직을 그만둔다니 당연히 주변은 발칵 뒤집혔다. "지금까지 해 온 게 아깝지도 않냐?"는 동기들의 말 에, 미래의 베스트셀러 작가 김영하 군은 이렇게 답했 다고 한다.

"아니, 앞으로 살아갈 날이 더 아까워. 이 길은 내 길이 아닌 것 같아."

후, 멋지다. 20대 초반에 벌써 '내 길'을 찾겠다며 대차 게 돌아서는 담대함. 그는 본인이 그럴 수 있었던 이 유로 지금과는 달리 미래에 대한 여유가 허락되있딘 당시의 시대 상황을 꼽았는데, 어쨌거나 그 시대의 모든 사람이 자신의 길을 찾는 축복을 누린 것은 아니었기에 여전히 청년 김영하의 확신은 멋있고, 부럽다.

내가 기억하기로 내 인생에서 처음으로 '무엇이 내 길인가?' 하는 질문이 나타난 것은, 고등학교 1학년 때였다. 유난히 머릿결이 찰랑이던 친구가 있었는데, 어느 날 0교시를 마친 후 그녀는 머리를 빗으며 또박또박 자신은 'XX대학교 약대'를 가서 약사가 되겠다고 선언했다. 대박. 당시 주위의 친구들은 자신들이 왜 아침 7시까지 학교에 가서 밤 11시까지 앉아 있어야 하는지에 대해 딱히 자문하지 않았다. 그저 날 때부터 해야 했던 공부를, 다들 대학에 가야 한다니 하고 있다가, 고3이 되면 이른바 '진로 상담'이라는 걸 통해 이 점수로 갈 수 있는 대학은 어디인가 정도를 탐색해 보는 것이 '내 미래'에 대한 자발적 고민의 전부였다. 나도 그랬다. 가방을 메고 학교에 갔다가, 가방 속에 있는 것들로만 공부를 하고, 가방을 싸서 집에 왔다. 그런 내겐 처음으로 'OO 과목에서 몇 점 받기'가 아닌, '인서울 대학 가기'가 아닌, 구체적인 '어른의 직업' 중 하나를 목표로 삼겠다는 또래의 존재는 아이돌 그룹 해체 수준의 충격이었다.

화가, 보육원 원장, 수의사, 요리사, 지휘자, 변호사, 신문기자. 살면서 '장래 희망'이라는 단어 뒤에 붙여 왔던, 혹은 남들이 붙여 주었던 것들을 급히 나열해 보았다. 이럴 수가, 하나도 서로 관련이 없었다. 게다가 그중 몇 가지는 이미 문과 고등학생이 선택할 수 있는 범위를 한참 벗어나 있었다. 가슴이 덜컹 내려앉았다. 20년 가까이 살면서 내가 일관되게 추구했던 목표란, '시험 성적 잘 받는 것' 한 가지뿐이었다는 걸 깨달았다. 알고 있는 세상의 그 어떤 직업을 떠올려 보아도 뭐 하나 내 것 같은 게 없었다. 그토록 열심히 외웠던 삼국시대 세기별 대표 임금님들이라든가 우리나라 지역별 강수 그래프들을 가지고는, 무엇이 내 길이 되어야 할지 전혀 추론해 낼 수 없었다. 대학엘 가면, 그래도 뭔가 좀 알 수 있을까?

안타깝게도 대학을 거의 다 다닌 스물셋의 목표 역시 그 '모호함'으로 볼 때 열일곱의 목표에서 크게 발전된 것이 없었다. 대학마다 유행처럼 장려했던 국제학생들과의 교류, 어학연수 등의 영향으로 '글로벌 냄새가 난다'는 공통분모가 하나 생겼다는 것 외엔. 국제기구, 외국계 기업, 항공사, 음…… NGO……? 허이구, 거창하기도 해라. 다분히 급조한 티가 나는 이번 장래 희망 리스트에는 '어디'는 있으되 '왜'도 '무엇'도 빠져 있었다. 외국계 회사? 그냥 한국 회사만 아니면 다 좋다는 건가? 뭘 하는 국제기구에 가서, 어떤 역할을 하고 싶은데? NGO? 뭐의 약자인 줄은 아냐?

빨리 어디로든 가고만 싶었던 나는 갈 길 잃은 나를 혼내며 끙끙 앓았다. 남들보다 앞서기 위해 하라는 대로 하고, 가라는 곳만 보며 뛰는 동안, 나는 정작 경쟁자 하나 없는 내 인생이라는 과목에서 열등생이 되어 있었다.

우리 사회에는 모든 아이가 태어나는 순간 켜지는 스톱워치가 있다. '우리 애가 돌도 안 됐는데 벌써 걸어요!' 째깍. 째깍. '우리 반에 벌써 6학년 수학을 푸는 신동이 있어요!' 째깍. 째깍. '옆집 애는 세 살인데 영어로 노래를 한다구요!' 째깍. 째깍.

어린이들이 필수로 읽어야 한다는 위인전을 보면 모차르트는 세 살에 피아노를 치기 시작했고, 율곡 이이는 세 살 때 마당에 열린 석류 열매를 보고 시를 읊었다며 너희도 보고 배우라 한다. 도대체 그들의 세 살에 무슨 일이 일어났는지는 모르겠지만, 어쨌든 어린이 위인전집과 TV 속 영재 발굴 프로그램과 거리의 영어 유치원 홍보물은 '벌써' 무엇 무엇을 해내고 '빨리' 남달라진 누군가를 찬양하기에 바쁘다. 그뿐인가. 대학은 '재수 없이' 한 방에, 취업은 '칼졸업' 후 바로, 결혼은 '적령기'에 남부럽지 않게, 승진은 최대한 '남들보다' 빨리. 더 이상 위인전을 읽지 않는 오늘도, 우리의 가슴을 반짝반짝 애태우는 속력의 훈장들은 많고도 많다.

주어진 트랙을 최대 시속으로 달리는 것이 너무 당연했던 나머지, 그 달리기의 목적에 대해 별 고민을 해 보지 못하고 갑자기 어른이 된 건 나뿐만이 아닐 거다. 대다수의 우린 20대의 어느 날, 곧 직업이라는 것을 가져야 한다는 걸 깨달음과 동시에 딱히 무얼 해야 할지에 대해 구체적으로 고민해 본 적 없다는 사실과 직면했다. 세상은 우리가 자라는 동안 끊임없이 개념적인 장래 희망을 물어 왔지만, 그것이 나의 기질과 맞는지 어쩐지를 구체적이고 실질적으로 탐색해 볼 여유는 주지 않았다. 천신만고 끝에 직장에 들어가고 나면, 사방을 분간하기도 전에 내 길이건 네 길이건 우선 달려야 먹고 사니 그렇게 이상한 나라의 시계 토끼처럼 우린 맨날 시간이 없다. 그런데 세상에 '나만의 길'이라니, 이게 무슨 한가한 소리람!

그러고 보면 우리에게 삶의 방향을 찾기 위한 시간이 지난한 이유는, 고민 중인 스스로의 상태가 끊임없이 불안한 이유는, 어쩌면 그 어려움과는 별개로 그것이 역시나 '빨리' 찾아지지 않아서는 아닐까. 언제 그 답을 찾을 수 있을지, 아니 답이라는 게 있을지 없을지도 모르는 것을 고민하느라 내가 잠시 멈춰 있는 동안에도, 내가 알지도 못하는 누군가는 계속 달리고 있을 테니까. 그 때가 어느 때든 '이제 와서' 내 길을 찾기엔 항상 늦은 것 같고, 현실적으로 일단 숨 쉴 수 있을 정도의 안전거리는 확보해 놓고 방향이든 뭐든 찾는 게 맞지 싶고. 아이러니하게도, 빨리 달리기만 하느라 생긴 이 고민을, 다시 빨리 끝내고 또 달려가야 할 것만 같다.

우리를 괴롭히는 진로 고민 자체는 진짜 스트레스가 아닐지 모른다. 오늘 내 가슴을 무겁게 짓누르고 있는 건, 방향을 고민하면서도 여전히 습관처럼 쳐다보고 있는 익숙한 스톱워치다.

'이 산이 아닌개벼' 하는 생각이야 누구나 가끔씩 한다. 다만 그것에 적극적으로 귀를 기울이고 행동하기에 시간은 늘 모자라고 시작은 늘 막연할 뿐이다. 모처럼 작동한 고민의 GPS는 종종 더 중요해 보이고, 더 빨리 끝낼 수 있는 오늘의 일들에 밀려 금세 다시 꺼져 버린다. 살면서 꾸준히 속력만 높여 보았지 스스로 방향을 찾아 본 경험이 적은 우리에겐, 확실하지 않은 내 감을 믿는 것보다는 속도 하난 확실한 모두의 길을 가는 것이 마음 편하다.

자기 안의 목소리를 '들어준다'는 건, 그래서 스스로에 대한 신뢰가 필요한 일이다. '처음에는 막연한 생각이었지만, 그것을 믿고 발전시켜 행동했을 때 결국 내게 더 좋은 결과가 나오더라'는 경험적 믿음. 그렇기 때문에 그것이 낯설수록, 오히려 더 자주, 더 적극적으로 '이 산이 아닌개벼'를 해 보아야 하는 게 아닐까. 막연한 첫 생각과 자꾸만 마주 앉아 대화를 하고, 머리채 붙잡고 싸워도 보면서 고민의 근육을 늘려 놓는 거다.

언제가 '저 산으로 한번 가 보면 어때?' 하는 생각이 들었을 때 그것을 스스로 납득하고 믿어 줄 수 있는 힘을.

이 산이 아닌 것은 몇 번이든 괜찮다고 생각한다. 이 산이 아니라는 생각이 들었을 때, 하루 바삐 이 산을 내려가 다시 저 산의 정상에 오르지 않으면 큰일 날 이유 또한 없다. 내 길을 찾는다는 것이 꼭 '맨주먹으로 단번에 일궈낸 대단한 무언가'일 필요는 없지 않나. 현실의 그릇 안에서 우선 비빔밥을 만들어 봐도 좋고, 중간중간 궤도를 수정해 가며 적절히 머무를 정거장을 찾아도 좋다. 중요한 것은, 지금 내가 내 길을 향해 '가고 있다'는 사실이다.

> 앞으로 뭐가 될지 확실히 알 수는 없었지만 적어도 그런 삶은 아닐 거라는 막연한 확신이 있었습니다. (……) 만약 제가 내면의 목소리를 무시하고 그냥 여름 훈련에 참가하고 장교로 임관했더라면 어떻게 됐을까요? 뭐든 됐겠지만 아마 작가는 되지 못했을 겁니다.
>
> _김영하, 『말하다』 중에서

만일 내가 몇 년 전 그 막연한 마음의 소리를 무시했더라면, 자꾸만 가슴을 콕콕 찌르는 고민을 그저 피했더라면, 어땠을까? 여전히 직장인으로는 살고 있었겠지만 지금 이 글을 쓰고 있지는 못했을 것이다. '어쨌거나 회사원, 그래 봤자 회사원'이지만, 나는 지금의 이 길이 전보다 조금은 더 나의 길이라 느낀다.

시계는 영원히 방향을 모른다.

오전 12:01 62%

〈 메모

더 자주, 더 적극적으로 '이 산이 아닌개벼'를

해 보아야 하는 게 아닐까.

막연한 첫 생각과 자꾸만 마주 앉아 대화를 하고,

머리채 붙잡고 싸워도 보면서

고민의 근육을 늘려 놓는 거다.

언젠가 '저 산으로 한번 가 보면 어때?' 하는

생각이 들었을 때

그것을 스스로 납득하고 믿어 줄 수 있는 힘을.

세상에 내가 하고 싶은 일이 직업이라는 거로 있어?

: 천직이란 있는 걸까

어둑어둑한 시각, 학교 안 카페 모퉁이에 혼자 앉아 A4용지 하나를 폈다. 오늘도 어김없이 찾아온 반 강제적 자아 성찰의 시간. '나는 누구인가'를 능가하는 오늘의 심층 질문은 이것이었다.

나는 무슨 일을 하고 싶은가?

내일부터 상반기 공채 시즌이 시작이었다. 어디라도 써야 했지만, 그 어디가 최소한 어디부터 어디여야 할지 감도 오지 않았다. 문송한('문과라서 죄송'할 날이 올 줄이야.) 내겐 '그 전공이 아니라서 쓸 수 없는 회사'는 있었어도 '전공이 이거니까 쓸 수 있는 회사'의 범위 같은 건 딱히 정해져 있지 않았다. 방금까지 수많은 회사의 고객님이었던 입장에서 갑자기 그들 중 '우리 회사'가 될 곳을 찾아야 했고, 몸담고 싶은 분야와 일하고 싶은 직군도 정해야 했다. 게다가 내가 왜 원래부터 그 모든 것들에 최적화된 사람인지 어필하기 위해 쓸 말도, 운이 좋다면 면접에서 할 말도 있어야 했다. 그러니까 오늘의 문제는, 정확히는 내가 '회사원으로서 어떤 일을 하고 싶다고 해야 하는가'에 대한 답을 찾는 일이었다.

겪어 본 적 없는 '회사 직무'라는 세계에서, 나는 대체 무엇이 되고 싶다고 해야 할지 몰랐다. 때론 하고 싶어서, 대부분은 언젠간 도움이 될 것 같아서 열심히 하고 쌓았던 경험들은, 회사 안에서 발현될 수 있는 역량으로 기깔나게 번역되지 않는 한 참 구체적으로 쓸데없었다. 마음이 미세먼지 꽉 찬 하늘처럼 뿌예졌다. 어디에서라도 단서를 찾기 위해 나는 뭘 할 때 그나마 행복했던 사람인가를 뒤적여 보았다. 내가 어떤 상황에서 어떤 일을 하던 순간에 행복했었는지, 나는 이런 일을 잘하는구나 느꼈는지를 생각나는 대로 써 보고, 그에 맞는 하고 싶은 일을 '결정'해 볼 참이었다. 물론, 회사원이라는 범위 안에서.

교실 뒤에 혼자 남아 나머지 숙제를 하는 초등학생처럼, 나는 오늘 뭐라도 쓰지 않으면 집에 갈 수 없는 운명의 취준생이었다. 과거의 내 경험과 뭔지 모를 미래의 내 직업을 꿰매어 보기 위해 까맣게 애쓴 흔적들이 쌓여 갔다. 10년 전 그 밤, 멘탈을 낱알로 털어내는 눈물겨운 자아 성찰은, 마침내 종이 한 장을 겨우 채운 뒤 이렇게 끝났다.

"세상에 내가 하고 싶은 일이 직업이라는 거로 있어?"

하고 싶은 일, 적성에 맞는 일, 가슴 뛰는 일.
언제부턴가 이런 말들은 늘 비슷한 느낌을 준다. 왠지 모르게 불편하고 부담스러운, 미루고 미뤄 쌓인 숙제를 보는 듯한 복잡한 기분. 이미 찾았어야 했거나, 언젠가는 반드시 찾아야만 한다는 어떤 압박감. 그것은 아마도 우리가 지금껏 '인생은 짧으니 최대한 하고 싶은 일을 하며 살아야 한다'는 다그침과 '사람이 어떻게 하고 싶은 일만 하며 사느냐'는 타이름 사이에서 밀리고 당겨지며 살아왔기 때문일 것이다.

이 '하고 싶은 일'과의 밀당이란 어떻게든 내가 쫄리는 게임이라, 그것을 모를 때는 모르니까 쫄리고 알게 된다 하면 그걸 어떤 직업으로 어떻게 이루어야 할지 막막해서 쫄린다. 이미 무엇이 되어 무언가를 하고 있다 해도, 지금 그 일이 그래서 하고 싶은 일이었더냐는 것은 퇴근길이면 치러지는 시험 문제다. '난 딱히 하고 싶은 일이 없어 이 일을 한다'는 한숨, '넌 하고 싶은 일이 있어 좋겠다'는 부러움, 더 이상 '희망이 아닌 장래'를 명확히 알고 있어야 한다는 압박감 등이 엉킨 어른의 '하고 싶은 일'은 그렇게 일하는 누구나의 가슴 밑바닥을 뱅글뱅글 긁는다.

나의 첫 번째 직업이 내가 '하고 싶은 일'이 아니었다는 것을 깨달은 후, 나는 다시 세상의 모든 직업 속에서 길을 잃었다. '하고 싶은 일을 고르시오'라는 문제 하나에 달린 세상의 선택지는 셀 수 있는 것이 아니었고, 난 그중 이제 겨우 하나를, 그것도 가까스로 선택했다 지웠을 뿐인 거였다. 하고 싶은 일도, 직업으로 삼을 일도, 내가 선택한다고 꼭 할 수 있는 것도 아니면서 어쨌든 선택을 하긴 해야만 한다는 참으로 환장할 현실. 스스로를 곰곰이 뜯어 보다 보면 이런 것도 해 볼 수 있을 것 같고 저런 것도 해 볼까 싶긴 한데, 그 이렇고 저런 것들이 머릿속에 뚜렷한 어떤 직업으로 쑥 떠오르지는 않았다. 밤마다 이불을 물어뜯으며 고민한 내 관심사와 정체성에 대한 생각들은 지구 몇 바퀴를 돌아 결국 한 가지 질문으로 수렴하곤 했다. 그러니까 그게 대체 직업으로 뭐냐고.

나는 종종 애초에 고민할 필요가 없었다면 어땠을까 하는 생각을 했다. 예를 들면 김연아로, 마이클 잭슨으로 태어났다면 어땠을까. 걸음마를 떼자마자 엄마가 스케이트화를 신겨서, 아니면 다른 일을 하면 인류 전체가 손해인 어떤 천재성을 타고나서, 진로라는 걸 고민할 필요조차 없었다면. 그렇게 날 때부터 누가 '넌 이 길을 가라!' 하고 딱 정해 줬으면 얼마나 좋았을까, 하고.

천직.
그래, 나는 천직이 있고 싶었다. 내가 일을 택한 게 아니라 마치 일이 나를 택한 듯한, 다른 길이라곤 상상조차 할 수 없는 어떤 또렷한 외길. 특히 한번 내 것이 아닌 듯한 길을 돌아온 뒤로는, 정말이지 이다음에 택할 길이야말로 나의 그 하고 싶은 일을 하며 평생을 고민 없이 쭉 걸어갈 수 있는 길이면 좋겠다는 간절한 환상을 품었다. 얼마나 그 '외길 인생'이 욕심났는가 하면, 이직을 준비하며 썼던 입사 원서에 존경하는 사람으로 그의 영화 한 편 제대로 본 적 없는 임권택 감독의 이름을 적기도 했다. 초등학교만 나와 평생을 영화밖에 몰랐다는 그의 '한길'이 미치도록 부러웠다. 나도 정말 천직이 있는 사람이고 싶었다. 아, 진짜 내 안에 뭐가 있긴 있는데, 뭔지 모를 이게 직업으로 뭔지 알고 싶어서 돌아 버릴 것 같았다.

기나긴 고민의 터널을 지나 마침내 카피라이터가 되었을 때, 내가 "나 이제 카피라이터야!" 하며 흐억 울음을 터트렸던 건 원하던 카피라이터가 되었다는 사실보다 이제 '평생 이 일을 할 수 있겠다'는 안도감 때문이었다. 이제 고민하지 않아도 되겠다. 내가 그렇게 열심히 날줄 씨줄을 엮어서 찾아낸 이 '나만의 하고 싶은 일'을 이제 할 수 있게 됐으니, 앞으로는 더 이상 진로 고민하느라 날 새지 않아도 되겠다. 어쩌면 천직이 될 수도 있는 일을 찾은 거겠지? 됐어 이젠. 으으어억.

그러나 대반전은, 그렇게 힘들게 찾아낸 이 길 위에서 나는 또다시, 어쩌면 처음부터 쭈욱, 이리저리 갈지자 걸음을 걷고 있다는 사실이다. 진로 변경을 하던 순간의 '이젠 평생 고민할 일 없겠다'던 생각은, 마치 힘들게 고생해서 살을 뺀 후 '이젠 죽을 때까지 다시 살찔 일 없겠다' 하는 것과 같은 생각이었다. 방심하면 훅 넘어가는 체중계의 바늘처럼, 고민할 틈 없는 일상을 살아 내다 보면 어느 순간 문득 훅 불어나 있는 고민 거리들이 나에게 놀랄 만큼 변함없는 것들을 물었다.

이 일이 내가 하고 싶은 그 일이 맞는지, 이 길이 내가 걷고 싶었던 그 확신 터지는 외길이 맞는지.

그것은 다만 지금의 현실이 내가 과거에 품었던 환상에 못 미쳤기 때문이 아니라, 환상 속을 걷고 있는 와중에도 나와, 나의 세상이 끊임없이 변하기 때문이었다. 하고 싶거나 하고 싶지 않은 일들을 하면서, 어딘가는 깎이고 어딘가는 쑥 자라기도 하면서, 어제의 갈증을 채워 주었던 우물이 오늘은 말라 있는 것을 깨닫기도 하면서. '직업인으로서의 나'라는 건 한번 답을 구하면 끝이 나는 시험 문제가 아니라, 나라는 사람이 세월을 경험하고 성장함에 따라 다듬어지고 변화하는 것이었다.

그렇게 어느덧 10년을 '직장인 유기체'로 살아 왔고 보니, 오늘 밤에도 나는 새하얀 종이에 뻑뻑한 펜을 굴려 내가 원하는 (것일지도 모를) 일과 세상의 일들을 짝짓기하고 있는 것이다. 나는 여전히 모르겠다. 내가 무엇이 되어 있어야 평온한 얼굴로 나는 내가 하고 싶은 일로 먹고살고 있소! 할 수 있는 건지. 애초에 그 일을 어느 정도 경험해 보지 않고 확신을 가진다는 게 가능한 건가? 내가 김연아나, 마이클 잭슨이 아니라면.

📁

즐겨 보는 유튜브 채널에서, 거의 3백만 구독자를 보유한 한 유튜버가 말했다. 친척들에게 자신의 직업을 유튜버라고 소개했더니 그들이 "That's not a thing (세상에 그런 게 어딨어)"이라 했다고. 어쩌면, '직업'이라는 두 글자에 우리의 눈은 많이 가려져 있는 걸지도 모른다. 하고 싶은 일을 고민하는 와중에도 자신을 향해 'That's not a thing'이라 말하면서 스스로를 '내가 아는 직업'의 틀 안으로 한계 짓고 있을지 모른다.

진로 고민에 끝이란 것이 있을까? 영업사원에서 카피라이터로, 유학생으로, 그리고 다시 있는 힘을 다해 회사원으로. 나름 마음의 소리를 좇아 인생에 큰 변화를 주며 살아 왔는데도 여전히 대밭을 헤매는 무사마냥 두리번거리고 있는 걸 보면, 어쩌면 고민하는 사람에게 삶이란 평생 정체성 찾기 싸움이란 생각이 든다. 정말이지 징글징글한 싸움.

그래도 나는 이 징허디징헌 고민을 계속해 볼 예정이다. 다만 이제는 '평생 하고 싶은 일' 하나가 아닌 '계속 가고 싶은 길'의 모습을 천천히 진득이 고민해 보고 싶다. 내일의 내가 여전히 직업이라는 틀에, 천직이라는 꿈에 매여 한 발짝 내딛지도 못하고 길 위에 멈춰서 버리지 않도록. 앞으로의 인생에서 내가 하게 될 일들이 어디로 이어질지 미리 다 알고 싶어서 나의 한 걸음 한 걸음에 너무 많은 부담을 싣지 않도록.

그렇게 또 다른 10년이 흘러, 내가 어떤 사람인지를, 세상에 존재하는 직업을 통해서가 아니라 나 스스로 정의 내릴 수 있는 사람으로 성장해 있다면 좋겠다. 내가 지금 이 고민을 포기하지 않았기 때문에.

메모　　　　　　　

영업사원에서 카피라이터로, 유학생으로,

그리고 다시 있는 힘을 다해 회사원으로.

나름 마음의 소리를 좇아

인생에 큰 변화를 주며 살아 왔는데도

여전히 대밭을 헤매는 무사마냥

두리번거리고 있는 걸 보면,

어쩌면 고민하는 사람에게 삶이란

평생 정체성 찾기 싸움이란 생각이 든다.

정말이지 징글징글한 싸움.

에이, 유학이나 갈까

: 그땐 미처 알지 못했지

"런던이라는 곳에 환상이 좀 있었나?"

눈물 콧물 범벅이 되어 내가 이러려고 여기까지 온 줄 아냐며 악을 쓰는 내게 그는 조심스레 하지만 단단한 목소리로 물었다.

오후 세 시면 땅거미가 지는 12월이었다. 유학 4개월 차, 이제는 익숙해진 겨울비에 눅눅해진 카페 한 구석에 나는 입도 못 다물고 구겨져 있었다. 조금 전 룸메이트와의 전쟁을 끝으로 와르르 무너진 그간의 쌓인 감정 덩어리들을, 마주 앉은 친구의 커피 잔 위로 마구 갈아내리던 중이었다.

'환상?'

가만히 내 악다구니를 듣고 있던 친구의 갑작스런 물음에 입술을 타고 내리던 콧물이 호로록 제자리를 찾았다.

'그런 게 있었다구, 내가?'

나처럼 홀로 런던에 왔다가 갖은 고생을 겪으며 어느
덧 7년째 그곳에서의 삶을 꾸려 오고 있는 친구의 질
문은 묵직했다. 채 한 입도 손대지 못한 레몬 드리즐
케이크가 나를 시큼하게 올려다보며 다시 물었다. 자
꾸만 중심을 잃고 쓰러지는 커다란 이민 가방에 신중
히 물건들을 챙겨 넣으며, 나도 모를 환상을 함께 차
곡차곡 챙겨 온 것은 아니었는지.

　에이C, 나도 유학이나 갈까?

그날의 나도 역시 눈물 콧물 범벅이었다. 다만, 마음
속 절규와는 달리 겉으로는 태연한 회사용 얼굴을 하
고 있었다는 걸 빼면. 책상을 내리치고 뛰쳐나가는 대
신 죄 없는 노트북 자판을 꾹꾹 내리쳐 가며 9시간 너
머에 있는 친구의 카톡창에 'ㅠㅠㅠ' 오백만 개를 마

구 찍어 보냈다. 아, 너무 힘들어. 아, 너무 거지 같아.
아, 너무 말도 안 돼. 아아아아, 답답해 죽겠어. 아, 나
도 유학이나 갈까?

나는 사과하고 싶다. 바로 그 유학을 가 있느라 몇 달
째 3시간 남짓 쪽잠을 자곤 눈뜨자마자 이 답도 생각
도 없는 카톡 폭탄에 '말잇못' 해야 했을 친구에게. 그
야말로 얼마나 깝깝했을까. 얼마나 서운했을까.
직접 가서 부딪친 유학이라는 것이 '~이나'라고 말할
수 있는 게 아니었다는 걸 아는 데에는 그리 오랜 시간
이 걸리지 않았다. 그것이 왜, 어째서, 어떻게 자세히
어렵고 힘들었는가를 이미 유학을 잘 마무리하고 온
시점에 더 이상 절절하게 설명할 필요는 없을 것이다.
그래도 그러니까 그게 왜 힘든 것이냐 하고 묻는다면
우선 '사는 건 왜 힘든 것이냐'는 질문으로 대답하면 될
듯하다. 유학이라는 것도 '사는 거'니까. 어쨌든.

유학이 아니더라도 나와는 다른 삶에 대해 '그거'나
해 볼까,라고 툭 던지듯 생각해 보는 것은 사실 평범

한 직장인으로 살면서 내겐 흔한 일이었다. 나도 직장 때려치우고 카페나 차려 볼까? 어디 저으기 콜로세움 앞에 가서 젤라또나 팔까? 사실 대부분은 그 '그거'를 정말로 해 볼까 싶었다기보다는 단순히 '현실 일시 정지'가 하고 싶었던 것일지도 모르겠다. 마치 그 다른 삶들은 현실이 아니기라도 한 것처럼. 그 삶은 당연히 이 삶보다는 퍽 쉽기라도 하다는 듯이. 누군가 내게 에이, 나도 취업이나 해서 돈이나 벌어볼까?*^^* 했더라면 멱살을 잡을 일이었을 텐데.

"아, 뭐가 그렇게 또 외롭겠어."
나란히 빨래를 개던 엄마의 걱정 묻은 목소리를 탈탈 쳐냈다. 출국 일주일 전, 엄마의 걱정은 매일매일 새로운 카테고리를 개척하고 있었는데, 오늘의 주제는 타향살이의 외로움이었다. 너 생판 낯선 데 혼자 가서 의지할 사람 하나 없이 외로워서 어떡하니. 진심으로 이해가 안 되는 걱정이었다. 아니 뭐가 그리 다르겠어? 어차피 여기서도 외로웠는데. 동거인도 남들 다 있는 동거묘도 없이 꾸역꾸역 나를 돌봐 가면서 그래도 그럭저럭 살았는데. 거기라고 뭐가 더 새삼스레 외로울까 봐서?

나는 주워 담고 싶다. 그 빨래만도 못한 말을.

아프다고 약 한 첩 쉬이 처방받을 수 없고 먹고 싶다고 머릿속 그것을 쉽게 찾아 먹을 수 없으며, 몇 달째 고쳐주지 않는 고장 난 보일러의 파이프 소리와 옆방 사는 아이의 국경도 벽도 뛰어넘는 통화 소리에 잠 한숨 편히 잘 수 없는 한 계절쯤을 보내고 나서야 나는 누군가 유학 생활을 '힘듦'도 '괴로움'도 아닌 '고달픔'이라는 단어로 묘사한 까닭을 이해했다.

맘처럼 되는 것이 좀처럼 없다는 사실은 서울에서 직장을 다닐 때나 런던에서 학교를 다닐 때나 다름이 없었지만, 차이는 '무엇'이 맘처럼 되지 않는가에 있었다. '하고 싶다' 혹은 '이랬으면 좋겠다'의 범주가 아닌 '당연히 이래야 한다'고 믿어 왔던 것들이 밑동부터 통째로 흔들리는 삶. 먹고, 자고, 가고, 사고, 말하고, 쉬

며 살아가는 모든 부분에서 내가 태어날 때부터 숨 쉬
듯 자연스러웠던 것들이 일일이 잘잘히 거부당하는
생경함. 타향살이의 외로움이란, 필요한 것들이 곁에
없어서 찾아드는 추가적인 감정이 아니라 필요하다
고 생각해 본 적도 없던 것들의 부재를 깨닫는 데서
오는 무력감이었다.

"아유, 너 광고 회사 다니던 것 반만 해도 논문은 쓸 수
있지, 그럼."
엘리자베스 여왕이 그려진 지폐를 내 손에 쥐여 주며
선배는 확신에 찬 얼굴을 해 보였다. 너 경쟁 PT 때마
다 몇 날 며칠 밤새던 것 생각해 봐, 다 잘하게 되어
있으니까 걱정 말구 잘 챙겨 먹기나 해.
나도 스스로에게 세뇌하듯 하던 말을 믿는 선배에게
들으니 좀 더 마음이 놓였다. 이런 회사에서 이렇게
빡세게 일했는데, 이만큼의 시간 동안 그만큼의 미친
날들을 겪었는데 '설마' 이보다 더할까.

내가 그 '설마'에 때려맞은 건 굳이 하루 15시간씩 논문을 쓰느라 피가 말랐던 이듬해 여름까지 갈 것도 없이, 당장 첫 과제를 제출해야 했던 한 달여 후였다. 나보다 열 살쯤 어린, 아직 학생의 '감'을 탑재한 반 친구들이 주제가 어떻고 이론이 어떻다는 대화를 시끌시끌 떠드는 동안, 나는 우선 이 질문을 좀 어떻게 처리해야만 했다. '그러니까…… 과제가…… 뭐라구요?'

내가 마지막으로 학교란 곳을 졸업한 지 10년이 다 되어 간다는 사실도, 심지어 졸업 조건이 타과와 달랐던 덕에 논문 한 편 쓰지 않고 졸업장을 받았다는 사실도, 무엇보다 대학원도 유럽식 교육 과정도 모두 처음이라는, 알고 있었지만 알지 않으려 했던 이 모든 당연한 사실들이 과제와 함께 현실 속으로 쿵 하고 떨어졌다. 어, 나, 뭐부터 해야 할까. 에세이를 쓰라고? 학술 에세이란 건 대체 무슨 장르지? 참고 문헌은 어떤 걸 어디서부터 참고하는 거야? 대체 왜 문과에서 통계를 해야 하는 거예요? 표지에는 뭘 써야 하는 건지 누가 제발 알려줘. 문법 교정도 받아야 할 거잖아 참!

아니, 표지고 문법이고 일단 뭘 하는 게 과제라고?

과거의 경험은 앞으로의 도전에 대한 자신감은 될 수 있어도, 그 도전을 조금이라도 쉽게 해 주는 치트키는 되지 않았다. 지난날 내가 어떤 영웅 대서사시를 썼건 지금 눈앞에 놓인 것은 가 보지 않은 길, 해 보지 않은 일, 살아 보지 못한 삶일 뿐이었다. 1.5평 남짓 학고방에서 고군분투하던 유학생의 첫 발은, 그렇게 '젖 먹던 힘'을 필요로 하는 아기의 첫걸음마와 같은 것이었다.

나는 내가 유학이라는 것에 대해 딱히 대단한 기대도 환상도 갖고 있지 않다고 생각했었다. 이직이라는 선택이 나를 무릉도원으로 보내준 것이 아니듯 유학이라는 도전도 그것만으로 내 삶을 극적으로 바꿔놓진 않을 거라고, 나는 이미 알고 있으니 딱히 힘들 일도 실망할 일도 없을 거라고.

눈물의 레몬 케이크로부터 1년이 지난 지금은 안다. 사실은 내가 기대하고 있었다는 걸. 그곳에서의 삶은 이곳에서의 삶보단 나을 거라는, 그곳에서는 어려움 도 외로움도 견딜 만할 거라는, 직장인이 아닌 삶은 당연히 이보다는 쉬울 거라는, 그러니까 '다른 삶'에 대한 막연한 긍정을 품고 있었다는 걸.

'에라이!'가 아닌 진짜로 떠난 유학을 통해 배운 것 중 하나는, 결국 어떤 새로운 선택과 도전도 곧 다시 지 금의 삶이 된다는 사실이었다. 조금 길게 계획한 여행 쯤으로 여겼던 1년이라는 기간은 삶이 되기에 실로 충분했던 시간이었다. 그동안 나는 끊임없이 겪을 것 이고, 변할 것이고, 좋은 일도 힘든 일도 당연히 있을 것이라는 것을, 그래서 결국 그 달라 보였던 삶도, 두 려울 정도로 새로웠던 도전도 다시 내가 살아내야 할 평범한 매일이 된다는 것을, 안다고 생각했지만 정말 은 몰랐다는 걸 그땐 알지 못했다.

또 다른 이름 모를 '다른 삶'에 막연히 마음이 왈랑거

릴 때마다 나는 열심히 기억하려 애쓴다. 내가 어떤 다른 삶을 생각하든 그 모든 상상과 환상의 출발은 오늘의 내 삶이어야 한다는 사실을.

변하지 않아도 괜찮을까

: 나를 지키는 용기

2018년 여름은 내게 참 잔인한 계절이었다. 매일 새벽 5시에 일어나 나도 무슨 말인지 모를 말들을 논문이랍시고 하루 몇백 자씩 어쨌든 써내야 했던 것도 그랬지만, 그간 논문을 이유로 미뤄 두었던 '유학 후'에 대한 답을 이젠 곧 찾아야 한다는 압박감에 정수리가 숭덩숭덩 비었다. 거울 속 허전한 정수리를 관찰하다 보면 이마 라인을 따라 날로 그 세를 확장해가는 흰머리 군단에 눈이 멎었다. 1년 내내 거지같은 날씨를 자랑하는 런던에서 유일하게 반짝이는 두 달의 계절 동안, 나는 학교에 낼 논문과 나 자신에게 제출할 '다음 계획서' 두 가지 데드라인에 쫓기며 흰머리를 뽑았다.

그런데 나는 사실 '휴직자'가 아니었던가? 인생 배수진을 치고 날아온 용감한 '퇴사자'가 아닌, 돌아갈 책상이 있는 은혜로운 휴직자의 신분. 논문 제출일이 곧 취준 시작일이었던 주변의 동생들은 나를 도무지 이해할 수 없어 했고, 나이 지긋한 동기님들은 나를 참 철없어라 했다. 그렇게나 고마운 회사가 있는데 도대체 뭐가 걱정이냐, 뭐 그렇게 조바심을 치며 마음고생을 할 일이 있느냐는 너무나 지당한 이야기들을 들었다. 그것들이 의미하는 바를 누구보다 잘 알고 있는 나는 스스로를 이해할 수 없어라, 철없어라 하며 힘없이 답했다.

"똑같잖아요, 그럼……."

나의 직장 상사가 우연히라도 이 글을 마주치지 않기를 바라며 지난 유학의 목표를 하나 솔직히 밝혀 보자면, 그것은 해외에서 일자리를 구해 보는 것이었다. 유학을 통해 '강제로라도' 영어 실력을 늘리고, 일종의 평생 자격증이라는 학위도 따서 어떤 식으로든 해외 취업의 발판을 마련해 볼 생각이었다. 갑자기 무슨 강렬한 계기로 해외 취업을 생각하게 된 것은 아니었다.

기억도 나지 않는 언젠가부터 나는 내가 해외에서 일하고 싶어 한다는 것을 알고 있었고, 약 10여 년간의 회사 생활을 돌아보아도 나 스스로 알게 모르게 해외에 나가서 일할 기회를 얻기 위한 노력은 계속 해 왔던 것 같다. 딱히 그에 대한 어떤 논리적인 이유는 없었다. '하고 싶어서'라는 것이 그나마 내가 찾은 가장 분명한 이유였다.

놀랍게도 홀로 해외에서 산다는 것이 어떤 것인지를 절절하게 알게 된 유학 말미까지도 그것은 여전히 '꼭 해 보고 싶은 일' 목록의 맨 윗자리를 굳게 지켰다. 똥인지 된장인지 찍어 먹어 보아야 아는 걸 넘어 그것이 똥인 줄 알면서도 꼭 찍어 먹어 보아야 하는 사람이 있다면 그게 나다. 봄과 여름이 지나가는 동안 나는 낮에는 논문을, 밤과 새벽에는 이력서를 쓰는 이중생활을 하며 어떻게라도 내 사정거리 밖에 있는 똥을 찍어 먹어 보기 위해 있는 힘을 다해 팔을 뻗었다.

그런 내게 돌아갈 곳이 있다는 카드는 양날의 검이

었다. 불투명한 미래에 고단해하는 친구들을 보며 내 상황에 일말의 안도감을 느끼다가도, 그 고생의 터널을 지나 결국 새로운 곳에서의 시작을 이뤄 낸 누군가의 성취는 가슴을 저몄다. 하루에 열댓 번씩 고쳐 썼던 영문 이력서에 볼드체로 적어 넣었던 'driven', 'achiever'와 같은 단어들은 이 이력서의 주인이 얼마나 성취라는 것에 큰 동기부여를 받는지, 달리 말해 얼마나 변화에 대한 압박을 크게 느끼는 인간인지를 말해 주었다. 변하지 않아도 괜찮을까? 이대로 돌아가 똑같은 곳에서 똑같은 일을 하며 유학 이전과 크게 달라지지 않은 고민의 나날을 보내는 것을 내가 정말 견딜 수 있을까?

때 되어 허물을 벗지 않으면 곧 죽고 마는 번데기처럼, 쉼 없이 현재를 벗으려 애쓰며 살아온 내겐 어제와 똑같은 나에 대한 병적인 거부감이 있었다. 그것은 생존의 공포에 가까웠다.

2019년 현재, 이 글을 서울에서 쓰고 있으니 나는 일
단 탈피脫皮에 실패했다. 고등동물인 나는 다행히 매번
허물을 벗지 않고도 살 수 있었다. 그렇게나 발버둥을
쳤으면서 나는 왜 결국 같은 껍질을 쓰고 돌아왔는가?
그것은 아이러니하게도 탈피의 욕구와 맞먹는 엄청난
힘으로 내가 내 껍질을 움켜쥐었기 때문이었다.

외국인 유학생인 나에게 현지 취업 비자를 지원해 주
겠다는 자리는 많은 경우 내게서 '카피라이터'로서의
능력보다는 '한국말 할 줄 아는 1인'으로서의 자격을
물었다. 당연히 그 자리는 내가 아니어도 되었다. 가
까스로 카피라이터를 찾는 자리에서 온 면접 전화는
내 비자 상황을 듣고는 곧 끊어졌다. 비자 문제가 아
니더라도 언어나 문화에 대한 깊은 이해를 필요로 하
는 카피라이터 자리에 굳이 외국인을 뽑지 않으려는
것이 이해 못 할 일은 아니었다. 그럼 카피라이터가
아니라면 어떤가? 간혹 한국 소비자들을 대상으로 비
즈니스를 하는 회사에서 영업이나 마케팅 쪽으로 사

람을 뽑기도 했다. 그 역시 풀타임 정규직 비자를 내주는 곳은 거의 없었지만 만일 그렇다 해도 나는 도저히, 또다시 비즈니스를 하며 숫자를 만지는 곳으로는 지원서를 내밀 수가 없었다. 그나마 글을 다룰 기회가 있어 보였던 번역 관련 업무도 내 커리어의 연속성이 담보되지 않는다는 점에서 마음이 가지 않기는 마찬가지였다. 한국어 게임 테스터, 한국 시장 영업관리, 광고 회사 인턴 등 한국인이라는 스펙을 내세우거나 내 지난 영업 경력을 활용하거나 경력을 깎아 지원했더라면 어쩌면 잡을 수 있었을지도 모를 기회들이 그렇게 계속 나를 스쳐만 갔다.

어떻게 하려고 그래?! 가지고 있는 모든 걸 내던져 도전해도 될까 말까 한 목표였다. 미친 듯이 해 보고 싶은 일이라 생각했고, 그를 이루기 위해 내가 해야 할 일은 저 멀리 솟은 농구대에 공을 던지듯 슛이 성공할 때까지 앞뒤 가리지 않고 그저 시도하는 일인 줄로 알았다. 그런데 막상 시작된 경기에서 나는 기껏 밤새 닦아 놓은 '나'라는 공을 들고 땀을 뻘뻘 흘리며 이를 악문 채 드리블만 하고 있는 것이다.

저 농구대는 아니야.

응? 뭐라구? 공이 골대를 고르는 거야, 지금?

그래, 난 이 공에 들어맞는 골대를 찾을 거야.

골을 넣지 못한 채 끝나버릴 이번 경기가 두려워 불면증에 시달리면서도, 나는 지금까지 애써 만들어 온 나의 포지션을 포기하거나 갑자기 골대의 높이를 낮춰 나의 가치를 깎아내릴 슛을 쏘고 싶지는 않았다.

한 커리어 세션에서 우리 팀 막내보다 어린 패널들이 자랑스레 늘어놓는 '멋진 신입사원 이야기'들을 듣느라 자존감이 바닥을 치던 어느 날 나는 깨달았다. 나에게는 이제, 지키고 싶은 것들이 생겼다는 것을.

늘 원하는 다음이 생기면 지금까지의 나를 모두 걸고 덤벼들었던 내게 '지금까지의 나를 지킨다'는 개념은 생경했다. 내가 안이한 건가? 벌써 꼰대가 됐나? 그냥 용기가 없는 건 아닐까? 천 번을 되묻고 그중 구백구십 번쯤은 그런가 하고 스스로를 탓했지만 나머지 열 번의 대답이 고쳐 말했다. 껍질을 깨고 나오는 것만큼이나, 지키는 것에도 용기가 필요하다고.

언제나처럼 변화를 원한다고 생각했지만 지금의 나는 '어떻게든' 일단 변하고 말면 되는 게 아니었던 것이다. 내가 원하는 모습으로, 가고 싶었던 길로, 이다음뿐만 아니라 그다음, 또 그다음까지 이어질 방향 위에서의 변화여야만 했던 것이다. 해 보고 싶은 일과 하고 싶은 일의 차이를 분명히 자각해야 했다. 내게 해외 취업이란 언젠가 한 번쯤 꼭 '해 보고 싶은 일'이었지만 내가 어디에 있든 그 안에서 '하고 싶은 일'은 언제나 세상에 말을 거는 일이었다. 그리고 그것은 다만 해 보고 싶은 무언가를 위해 떼를 쓰며 쉬이 포기해서는 안 될, 지난날의 수많은 내가 인내와 노력으로 빚어 온 나의 소중한 정체성이었다.

인정할 건 인정해야 했다. 어렴풋하게 가졌던 목표를

이루기 위해선 아직 나에게 그것을 구체화하기 위한 고민과 그를 이룰 수 있는 실력을 갖추기 위한 시간이 더 필요하다는 걸. 그때까지 나는 직업인으로서의 내가 차곡차곡 쌓아 온 '오늘의 나'라는 재산을 존중할 필요가 있음을. 나는 용기를 내기로 했다.

📁

생각해 보면 변화라는 것에 목을 매고 그 어느 때고 내게 잔인하지 않은 순간이 있었던가? 나는 변화를 위한 변화를, 변화에 대한 맹목적인 갈증을 경계해야 할 것이다. 하루하루 그저 흐르는 듯 보였던 10년이라는 시간 동안 나도 모르게 내 안에 지키고 싶은 것이 자라난 것처럼, 고민과 몸부림의 시간 동안 보이지 않는 많은 것들이 변했을 수 있다. 설사 보이는 것들을 애써 바꾸어 장착했다 하더라도, 정작 하나도 깊어지지 못한 스스로였을지 모를 일이다. 언제나 가장 중요한 것은 내 안에 있었다.

움직임 하나 없이 갑갑해 보이는 껍데기를 뒤집어쓴 번데기는 다른 말로 어린 나비다. 나비가 되려면 반드시 인생의 어느 시기는 번데기여야만 한다. 언젠가 자신의 바람을 만나 시원히 날개를 펼칠 때까지, 번데기는 열심히 자신의 답답한 껍질을 지켜야 한다.

> 내가 꿈꾼 자유는 결코 가출이 아닌 탈피였다. 완전한 탈피를 위해선 때를 기다려야 한다.
>
> _박완서, 『도시의 흉년』 중에서

그러니 다짐한다. 나는 서른넷의 어린 나비다. 나는 용감한 번데기다.

망했는데, 괜찮아
: 작정에 잡아먹히지 않는 꿈꾸기

자, 그러니까 이 글은 작정하고 작정에 대해 쓰려는 글이다. ―라고 '아 몰라 몰라' 하며 첫 문장을 써버리기까지 이번에도 참 오래 걸렸다. 마감 기한 내 글을 써야 한다는, 노트북보다 더 무거운 목적을 들고 이 카페 저 카페 전전하다 보니 커피 값도 참 많이 깨졌다. 일단 작정하고 쓰려니 모든 글의 시작이 어렵다. 말하자면 글과 글 사이 일관성이 있으면서도 글마다 조금씩이라도 새로웠음 좋겠다. 첫 문단의 흥미 요소를 잃지 않으면서도 갈수록 보다 복잡하고 깊은 이야기를 지루하거나 어렵지 않게, 논리적이고도 감정적으로 풀어내고 싶다. 그래서 읽는 이가 아, 하며 이해하고 허! 하며 공감할 수 있는 경험을, 토스트기에서 갓 빠져나온 빵처럼 '겉바속촉'한 말투로 바스슥 사사삭 써내리고 싶다……!

당연히! 그런 것이 현실에서 쉽게 될 리가 없다. 그래서 이것은 목표라기보다는 작정이다. 이렇게 작정하고 쓰려니 모든 글은 숙제다. 아침에 눈 떠서부터 '해야 하는데…… 해야 하는데……'만을 반복하며 눈썹 사이에서 진종일 온몸을 쩌누르는 숙제. 하기 싫어 죽겠고, 도망치고 싶어 죽겠다. 매일 입에서 불을 내뿜는 거대한 용과 싸우러 나가는 심정으로 책상에 앉는다. 얼마를 버티든 대부분의 시간은 새까만 후회만 남기고 불타 없어진다. 나를 불태운 글이 밉다. 이러다 오늘도 한 글자도 못 쓰면 어떡하지. 막상 뭐라도 썼는데 다 지워 버리고 싶으면 어떡하지. 혹은 아무도 공감하지 못할 X소리를 잔뜩 써 놓았으면 어떡하지. 시작도 못하고 계속 주물럭거리기만 하는 동안, 갓 구운 토스트를 꿈꿨던 글은 점점 겉은 눅눅, 속은 축축한 것이 되어 간다. 하기 싫어 죽겠고, 도망치고 싶어 죽겠다.

나는 대체 왜 시키지도 않은 일을 하며 셀프 고문을 하는가? 그건 이 '글 쓰는 일'이 내 꿈이기 때문이다.

그럼 왜 나는 그저 시작해 버리질 못하는가? 그것 역시, 이놈의 것이 내 꿈이기 때문이다.

꿈이라는 것에는 양면성이 있다. 그 한 글자 떠올리는 것만으로도 입안 가득 솜사탕을 베어 문 듯 포실포실 달콤한 기분이 되지만, 때로 아틀라스의 하늘처럼 무겁게 느껴지는 그 솜사탕을 떠받치느라 인생에 담이 올 지경이 되기도 한다. 만약 단어의 무게를 잴 수 있다면, '꿈'이라는 단어가 가진 무게는 아마 측정 가능한 범위를 한참 넘어선 것일 테다. 세상은 끊임없이 개인이 가져야 할 꿈의 형태와 속성에 대해 이런저런 모범 값을 제시해 왔고, 그 결과 우리에게 꿈이란 늘 '이런 것이어야' 하거나 '그런 것이어서는 안' 되는, 뭔가 심각한 의미와 사회적 타당성이 필요한 어려운 주제가 되었다.

그 어려움이 어느 정도기에, 신입 연수 때 적어 낸 입사 동기에 '꿈을 찾아서'라 적었다는 이유로 나는 연수원 선배들이 '무서워하는' 후배 1호(무슨 여기서 꿈씩이나 찾아. 쟤 뭐야 무서워.)가 되기도 했다. 참, 생각해 보면 심지어 우린 내 꿈이 꿈이라 불릴 만한 것이 맞는가를 학교에서 '검사' 받은 적도 있다! '본인 장래희망'과 '부모님(이 원하는 나의) 장래희망'을 표 안에 나란히 적고, 부모님 도장을 쾅 받아 갔다. 1차로 엄마의, 2차로 선생님의 확인을 받으며 내 꿈이 비로소 '꿈의 자격'을 획득할 때까지 조정과 합의를 거쳤던 기억이 난다.

꿈을 이루는 것 이전에 정답 같은 꿈을 찾는 것에 우선 굉장한 힘을 뺐기 때문에, 그 숭고한 것을 향해 나아가는 걸음걸음엔 이제 엄청난 부담이 실리게 됐다. 자, 엄청 멋지게 이뤄 보이겠다! 작정. 아, 망하면 어떡하지? 걱정. 물론 정말 그것이 망했을 경우에 어떡할까를 진짜로 생각해서 하는 말은 아니다. 어떻게 찾고, 검증받고, 결정한 꿈인데, 망하면 큰일이 나게? 꿈에 관한 한, 망하는 경우의 수는 없다.

쓸쓸한 것은, 그렇게 짝 쪼인 마음을 가지고 달리니 꿈을 꾸는 동안에도 생각보다 행복하지만은 않다는 거다. 자꾸 불안에 발이 걸리고, 작정하다 현타가 오고, 걱정에 미리 주저앉는 일이 생긴다. 그러다 불쑥, 꿈이 미워지기까지 한다. 내 시간을 불태워 버리고, 내 평화를 빼앗고, 내 마음을 힘들게 하는 그놈의 것. 왜 내가 이렇게까지 스트레스를 받아야 하지? 확 씨 그냥 꿈 없이 살면 뭐 큰일이 나냐?

관자놀이부터 손톱 끝에 붙은 신경까지 힘을 꽉 주고 걷는 '꿈길' 위에서, 종종 꿈을 이루고 싶다는 열망은 절대 망하지 않겠다는 작정에 잡아먹힌다.

긴장감 가득한 꿈과 나와의 관계, 조금만 힘을 풀 순 없을까? 마치 '나는 공기 좋은 저녁이면 운동을 나가지' 하는 듯한 느낌으로, '나는 퇴근 후 시간 날 때면 생각해 보는 꿈이 하나 있지' 할 수 있다면 좋을 텐데.

입만 열면 '아 운동해야 하는데'라는 말을 달고 살던 내게 친구가 해 준 말이 있다. 하루에 스쿼트를 딱 한 개만 한다고 생각해 보라고. 일단 그것을 실천해 보고, 무슨 일이 일어나는지 한번 보라고. 뭐, 실현 가능한 목표를 잡으라는 이야기인가 싶어 일단 시키는 대로 해 보았다. 그랬더니 기적이 일어났다. 나는 단 한 번도 하루에 스쿼트를 한 개만 하겠다는 계획을 지킨 적이 없다. 대신, 어느 날은 열 개, 컨디션이 좋으면 스무 개씩 매일 스쿼트를 하고 있게 되었다. 처음 한 개의 스쿼트는 너무 어이없이 쉬웠다. 어이가 없어 두 개를 했고, 할 만해서 세 개를 했다.

'매일 아침 3㎞ 달리기'라는 늘 머릿속에만 있던 목표에도 적용을 해 보았다. 오늘은 딱 1㎞만 뛰어야지. 뛰다 힘들면 그냥 걸어야지. 그랬더니 나는 2㎞, 3㎞를 걷지 않고 뛰고 있었다. 일단 뛰기 시작하면 어떻게든 처음 목표보다는 단 1m라도 더 뛰게 되었다. 마찬가지로, 처음의 1㎞가 내가 '아침 달리기'를 꿈만 꾸었을 때 상상했던 것과는 비교도 안 되게 쉬웠기 때문이다.

말이 약간 샌 것 같지만 결국 작정에 대한 이야기다. 작정을 한다는 것은 내가 하고 싶은 무엇을 시작하기에 앞서 그에 대한 시작점 자체를 굉장히 높게 잡는다는 뜻이다. 스쿼트 한 개라는 계획은 마음에 차지 않고 목표를 이루어 주지도 않을 것 같지만, 사실 한 개를 해야 열 개를 할 수 있다는, 이 너무나 당연한 사실을 우리는 꿈이라는 거대한 목표 앞에서 종종 잊는다. 매일 스쿼트 스무 개를 하고, 매일 아침 3㎞씩 달리는 꿈을 이룬 멋진 내 모습만을 생생히 그리느라 그 목표에 시작이 필요하다는 사실을 잊는다.

나를 무언가 '하고 있도록' 만든 스쿼트 한 개는 망한 것이 아니다. 아니, 망한 것이어도 괜찮다. 한 개에 그칠지라도 '해야 되는데'로 지샌 수많은 지난날들보다는 더 내 꿈에 가깝다.

잔뜩 작정하고 시도하기에 지쳐 꿈을 포기해 버리는

것보다 더 속상한 것은, 준비 운동처럼 작정만 실컷 하다가 아예 시작을 못 하게 되는 경우다(내가 글 하나를 시작하는 데 오천 년이 걸리는 것처럼!). 도전의 문턱에서는 언제나 그놈의 '작정'이 문젠데, 이 허들을 넘기 위해서 나는 우리에게 "망했는데, 괜찮아." 할 수 있는 마음의 힘이 필요하다고 생각한다. 하고자 하는 그것이 망할까 봐 전전긍긍하고만 있는 것이 아니라, 일단 시작을 하고 망했어도 괜찮다고 말하는 것이다. 망했는데 어떻게 괜찮아?! 생각해 보면 나름 망했지만 괜찮을 이유들이 있을 것이다.

1. 알고 보니 진짜 괜찮아서(못 이뤄도/가져도 상관없더라).
2. 이번에는 망했지만, 나는 계속 도전할 거니까.
3. 생각해 보니 그것 말고도 내 삶에 중요한/소중한 다른 것들이 있어서.
4. 의외로 조급할 필요가 없던 일이었어서.
5. 안 괜찮으면 어쩔 건데 등등.

꼭 이루고 싶은 것이 있다면 그럴수록 그것이 망해도 괜찮다는 편안한 마음으로 일단 시작을 하자. 망해도 괜찮다고 생각해야 최소한 망해 보기라도 할 수 있지 않을까. 이것은 단순히 '센 멘탈'이라기보다는 매우 논리적인 마음의 힘이다. 나를 계속, 오래, 취미처럼 꿈꿀 수 있도록 만들어 주는 단단한 마음의 힘.

우리가 살아온 삶을 통해 이미 잘 알고 있는 것처럼 산다는 건 건너기 시작해야 비로소 하나씩 생기는 징검다리다. 살아보지 않고는 단 한순간도 그것의 온전함을 확신할 수 없다. 그러니 일단 디뎌 보자! 딛고 난 뒤 헛디뎠음을 깨닫는다 해도 생각했던 것보다 조금 더 깊이 바지 자락을 적실 뿐이다. 게다가 그것은 곧 마를 테니까.

새로운 도전들을 앞두고, 망하지 않는 편이 당연히 좋겠지만 나는 내가 망한 순간에도 내가 망했다고, 그런데 괜찮다고 말할 줄 알았으면 좋겠다. 책이 내 생각만큼 멋들어지게 안 만들어지면 어떤가. 그래서 망했다고 느끼면 어떤가. 나는 여전히 (그 어떤 똥망한 글이라도) 오래, 계속, 취미처럼 글 쓰는 사람일 테다.

꿈이 주는 부담감에서 벗어나서, 남이사 꿈이란 것에 대해 무어라 정의하든, 내 꿈과 천천히 나란히 걸어보자. 그런 의미에서, 나는 더 눅눅해지기 전에 이 글을 이만 마무리해 버리련다!

오전 02:07 91%

 메모

망해도 괜찮다고 생각해야

최소한 망해 보기라도 할 수 있지 않을까.

이것은 단순히 '센 멘탈' 이라기보다는

매우 논리적인 마음의 힘이다.

나를 계속, 오래, 취미처럼 꿈꿀 수 있도록

만들어 주는 단단한 마음의 힘.

다시, '퇴사하겠습니다'

: 모든 순간의 나를 존중할 것이다

드디어 적절한 타이밍이 왔다. 지금 말하지 않으면 여러모로 곤란해진다. 수십만 번의 리허설에도 좀체 잘 달라붙지 않는 그 말을 혀 위에서 다시금 이리저리 굴려 본 뒤 손바닥에 맺힌 땀방울을 바지에 쓱 한 번 옮겨 붙였다. 후우- 심호흡. 이젠 가야지. 스스로에게 망설일 여유를 주어선 안 된다. 한 걸음, 두 걸음, 이제 저 문을 열고 들어가 앉으면, 누군가 뒤통수를 날려치기라도 한 듯 최대한 빠르고 정확하게 혀 위에 있는 것을 테이블 위로 쳐내는 거다. 똑똑. 피유웅-!

"저… 회ㅅ@^%$%를… 그ㅁ…$%/@*&#…구요."
"……?"

인생 두 번째 퇴사가 시작되었다.

복직 후 세 달 만이었다. 삽시간에 나는 참을성 없는 애, 끈기 없는 애, 생각 없는 애, 자존심 없는 애, 배려 없는 애 등등 수많은 것들이 '없는 애'가 되었다. 가슴 어디쯤이 얹힌 듯 저렸지만 그렇게 보일 수 있겠다 싶기는 했다. 속에 그 얼마나 오래고 깊은 생각의 뿌리를 키워 왔었건 겉으로 보인 것은 마침내 툭 터져 나온 퇴사, 한마디가 전부니까. 본인에겐 오랜 인내의 열매인 퇴사라는 결정은 타인에겐 언제가 됐든 갑자기일 뿐이다.

그래도 '생각 없는 애'라는 것은 좀 많이 아팠다. 일일이 반박해 댈 이유도 없었지만 반박을 한다고 해서 조금이라도 그 누구라도 납득을 시킬 수 있을 것 같지는 않아 그저 명치만 쿵쿵 쓸어내리고 말았다. 누가 뭐라건 나는 참을성과 끈기와 자존심과 배려가, 무엇보다 생각이 없는 자가 아니다. 적어도 나 스스로는 그렇게 믿어야만 한다. 여기서 굳이 '그렇게 믿어야만 한다'며 약한 소릴 덧붙이는 건, 폭풍처럼 흘렀던 퇴사 즈음의 시간 속에서 나의 중심을 지킨다는 것이 퇴사를 결정 짓던 것만큼이나 어려웠기 때문이다.

처음 하는 퇴사가 아니었고 어느덧 직장인 10년 차라는 뻐근한 무게를 갖고 있었지만, 나는 7년 전 첫 회사를 나오던 그때와 똑같이 영향 받았고, 상처 받았고, 조바심쳤고, 괴로워했다. 마치 '퇴사자 공통 매뉴얼'이라도 있는 것처럼 당시와 하나 다르지 않은 '그래서 뭐 할 건데'와 '너 생각해서 하는 얘기들'을 들었고, 내 결정과 고민의 시간을 단번에 후려치는 그것들은 단단히 고정시켰다 믿었던 마음의 밑동을 쥐고 사방으로 흔들었다. '정말 내가 뭘 심각하게 잘못하고 있는 건가?' 흔들흔들, 삿대도 없이 떼밀리며 생각했다. 눈을 감으면 나를 패배자라 손가락질할, 알지도 못하는 누군가들이 아른거렸다. 어떻게 맘을 좀 잡아 보려 예전에 썼던 글들을 펼치면, 한 번의 이직 후 마치 세상 모든 이치를 깨친 듯 써놓은 글 속의 나와 그와는 전혀 반대되는 지금의 내 모습이 우습게 겹쳐지며 한없는 자괴의 늪에 빠지기도 했다. 더 이상 특별한 사건

없이도 기분이 바닥을 치는 날들이 이어졌다.

나는 모든 것이 처음인 양 휘청거렸다.

무엇도 분명하지 않은 시간을 지나며, 반대로 한 가지 사실이 점차 선명해졌다. 또 한 번 퇴사를 하는 과정에서 처음 퇴사할 때의 일들을 다시 고스란히 겪어야 했다면, 나의 새로운 직장이 될 곳에서도 나는 이곳에서 지나야 했던, 이제는 빠져나왔다고 생각했던 그 긴 터널을 처음부터 또다시 지나야 할 것이겠구나. 새 출근의 설렘은 곧 출근도 전에 퇴근하고 싶다는 피곤함으로 바뀔 것이고, 딱 죽을 것 같지만 내 선택의 무게에 눌려 아무것도 어쩌지 못할 때가 곧 올 것이고, 억장이 무너지는 후회와 후회하지 않으려는 자존심 사이에서 갈팡질팡하다가, 대체 언제쯤이면 안정될 수 있겠냐며 어느 그대로의 퇴근길 길가에 주저앉아 울기도 할 것이겠구나.

이제 깨닫는다. 나는 내가 처음 〈두 번째 초년생〉이라는 제목으로 글을 시작할 때 생각했던 것처럼 신입사원을 두 번 했다는 이유로 다만 '두 번째' 초년생이었던 것이 아니라, 앞으로의 날들에서도 새로움을 마주하는 한 그 시작점에서는 언제까지고 또다시 초년생일 것이겠다고. 제아무리 어떤 일에 인이 밴 누군가라해도 내일부터 전혀 새로운 무언가에 도전해야 한다면 그 처음은 장그래와 다르지 않을 것이다.

'그만두겠다'는 선택은 종점이 아니라 시작점이다. 무언가를 그만두는 순간, 그를 '그만둔 이후의 삶'은 그때부터 시작된다.

🔋

나는 왜 한때는 꼭 맞는다고 확신했던 옷에 자꾸만 의문이 드는 걸까.
고민의 순간마다 화살은 스스로를 향했다. 그렇게나 많은 고생과 품을 들여 맞춤 재단한 옷―나의 직업―이 어딘가 불편하게 느껴진다는 것은 내가 살이 찐 탓이고 내가 느슨해진 탓이고 내가 이제 와 다른 마음을 먹은 탓이라고. 내가 생각해도 나는 지난 몇 년 동안 이모저모 변했으니 이것은 맞는 말이다. 그리고 또한 이것은 틀린 말이다. 내가 변했다는, 그리고 지금 이 순간에도 변화하고 있다는 것은 그 자체로 자연스러운 사실일 뿐 일어나서는 안 될 어떤 일의 '탓'이 아니다.

만일 내가 그 반짝이는 새 옷을 입고서 아무것도 하지 않고 처음 그 자리에 가만히 서 있었다면 아직 그 옷은 내게 꼭 맞았을지 모른다. 여전히 처음처럼 반짝이고, 여전히 베일 듯 선명한 각과 태를 자랑하며 내 어깨를 으쓱하게 해 주었겠지. 나 이런 멋진 옷이 꼭 맞는 사람이라며.

그러나 직장인인 우리는 직업이라는 옷을 입고 쉼 없이 걷고, 다니고, 만나고, 겪는다. 경험의 둘레가 늘며 생각엔 살이 붙고, 마음 구석구석 시간의 흔적이 쌓이고 가치관의 모양이 바뀐다. 입고 있는 옷도 변화를 맞기는 마찬가지다. 어느 부분은 닳거나 찢어져 수선이 필요하기도 하고, 더 이상 시류에 맞지 않거나 지금 나의 삶을 이루는 다른 취향들과는 어울리지 않음이 발견되기도 한다. 고민은 발전해서 이제는 '어떤 옷 하나'보다도 그 옷을 입고 '어떤 삶을 살게 될까'에 방점을 두게 되고, 자연스레 이전에 선택한 옷과 조금씩 맞지 않는 부분들이 생기면서 새로이 눈에 들어오는 옷도 만들어 보고 싶은 스타일도 생긴다.

인생의 한 시점에 나에게 꼭 맞던 옷, 내가 너무나도 갖고 싶던 옷이라고 해서 생각의 체형이 달라진 후에도 그 옷을 벽에 걸어두고 '저 옷이 맞을 때까지 내 생각의 살을 다시 뺄 테다!' 하는 것은 바보 같은 짓이다. 한 회사에 입사한 모두가 그 회사의 사장이 되지는 않는다. 하나의 직업, 혹은 직장을 선택한 뒤 시간이 지나 또 다른 선택을 하거나 하지 않는 것은 저마다의 순리다.

변화란 늘 갑자기, 문득, 엄청난 계기를 통해 찾아오는 거라고 생각했지만 지나고 보면 언제나 내 안에서의 변화는 숨을 쉬듯 천천히, 자연스럽게 일어났다.

다만 갑자기, 문득, 그를 인지하게 되는 엄청난 순간 들이 있을 뿐. 우리 모두는 인생의 모든 시점에서 변 하고 있다. 그것이 '큰일이 날 어떤 사건'이 아니라 자 연스레 살아가는 과정이라는 것 역시 어렵지만 천천 히, 자연스럽게 받아들여야 할 일이다.

직장인 7년 차에 쓰기 시작한 글을 어느덧 10년 차에 마무리하고 있다. 그사이 나는 과거의 내가 '너는 XX 행복하냐'며 대들었던 바로 그 선배가 되어 있기도 했 고, 원하는 것을 향해 돌진하는 것만이 언제나 최선은 아닐 수도 있다는 것을 깨닫기도 했고, 무엇보다 스스 로 소스라칠 만큼 어느 부분에서는 이미 대단한 꼰대 가 되어 있기도 했다. 그러니까, (자연스럽게) 나는 변 해 있었다.

2019년의 내가 보기에 2016년의 내가 하는 이야기는 많은 부분 설익었고, 가끔 어처구니없이 당돌하고, 종종 과하게 단정적이다. 도저히 한 줄 한 줄 읽기가 낯이 뜨거워, 나조차 공감할 수 없는 이야기를 책으로 낼 수는 없겠다며 3년을 기다려 준 편집자님의 뒷목 잡을 소리를 하기도 했다. 여기저기 글 속의 나에게 마구 훈계질을 하고 싶다. 내가 다아~ 겪어 봐서 아는데 말이야아~!

그런데 어쩌랴. 그때의 나는 뭐, 누구 다른 사람이었나? 지금의 나도 나, 그때의 나도 나인 것이다. 언제까지나 변하지 않을 '나'라는 것도, 결코 부서지지 않을 완벽한 깨달음이란 것도 없다. 그러니 나는 모든 순간의 나를 존중하기로 한다. 지나간 나에게는 미련이 남고, 지금의 나로서는 확신이 없고, 앞으로의 나는 누군지조차 알 수 없으니 나의 최선은 그 모든 나를 그때의 그 시점에서 존중하고 이해하는 것이다. 우린 항상 옳은 선택을 할 수는 없지만, 언제나 나의 선택을 할 수는 있다.

나는 어쩌면 누군가의 말처럼 이곳에서 살아남기를

포기한 패배자일지 모른다. 그런데 산다는 게 꼭 뭘 이기려고 사는 건가? 어디에 있는지, 정말 있기는 한 것인지 모를 결승점을 향해 최대한 빠른 걸음으로 뛰고 또 뛰다 '아, 뭔지도 모를 뭔가를 찾다가 끝났네' 하기보다는, 목적지에 가 닿지 못하더라도 내 마음이 가리키는 방향대로 마음껏 달리다가 죽고 싶다. (쓰다 보니 2019년의 나도 여전히 과한 것 같다.)

세상에 정답은 없다는 말보다, 세상엔 수많은 복수 정답이 있다는 말에 언제나 더 큰 용기를 얻는다. 그럼 어제의 나도 정답, 오늘의 나도 정답, 내일의 나도 모두 정답일 수 있으니까.

또 다른 3년이 흐른 뒤 나는 내 목숨줄마냥 지키려 애썼던 그 일과는 전혀 다른 무언가를 하고 있을 수도 있다. 겪어 본 적 없는 새로운 갈등을 느끼며 답 없는 고민에 매몰되어 있을지도 모르지.

그렇다고 해서 나는 왜 이렇게 생각이 많을까, 나는 왜 내 인생을 내가 꼬고 있을까 스스로를 혼내지 않을 테다. 나는 계속, 답이 없더라도 고민할 것이고, 무겁더라도 나의 선택을 할 것이고, 그런 나를 최선을 다해 이해해 줄 것이다. 꿈꾸고, 만나고, 도전하고, 좌절하며 살아갈 모든 순간의 나를 존중하면서, 지치지 않고 언제고 또다시 초년생이 될 것이다.

‹ 메모

변화란 늘 갑자기, 문득, 엄청난 계기를 통해

찾아오는 거라고 생각했지만

지나고 보면 언제나 내 안에서의 변화는

숨을 쉬듯 천천히, 자연스럽게 일어났다.

다만 갑자기, 문득, 그를 인지하게 되는

엄청난 순간들이 있을 뿐.

우리 모두는 인생의 모든 시점에서 변하고 있다.

또 다른 죽을 것 같은 날에

평생 돈을 벌기 위해 어딘가로 가야 한다는 사실은, 알람 없는 기상이 가능해진 지금까지도 매일 새로이 뜨악스럽다. 많은 이들이 자신의 이름을 건 스타트업에 뛰어들고, 이전에는 없었던 수많은 직업군이 생겨나고 있는 세상에서도 대다수 평범한 우리들의 생계 수단은 매일 회사에 가는 것이다.

애초부터 내 것 아닌 일에 내 돈 아닌 돈을 쓰고 그로 인한 수익을 남들과 나눠 갖는 그곳에서 사실 완벽히 나에게 들어맞는 일을 찾아내고 그것을 '내 일' 삼기란 쉽지 않다. 회사는 내가 할 수 없거나 하기 싫은 일을 안 할 수 있는 곳도 아니지만, 내가 특별히 잘할 수 있거나 하고 싶은 일이라 해서 그것만 딱 골라 할 수 있는 곳도 아니다. 그러니 '회사에서 자아실현하는 거 아니'라는 말이 있는 것이고, 그래도 어떻게든 그 안에서 '내 것'을 찾으려는 노력에는 부침이 있는 것이다. 예를 들면 의도치 않게 들쭉날쭉해진 내 커리어처럼.

또 다른 직장에서의 몇 달, 예상했던 어려움은 대부분 현실이 되었고 나는 "왜 힘들지? 이직했는데."를 되뇌며 또 다른 죽을 것 같은 날들을 지나는 중이다. 처음 회사를 옮기고 나서 시간이 한참 흐른 뒤에야 그 변화가 내 인생에 갖는 의미를 깨달았던 것처럼, 이곳에서도 아마 필요한 만큼의 시간이 지나야만 비로소 내가 무엇을 얻고, 찾았는가를 알 수 있게 될 것이다. 그러니 일단은 하루 또 하루 열심의 합리화를 이어 간다. 이곳에서 내가 겪는 성장통은 또 어떤 부분의 근육을 자라게 할까, 그리고 그 새로운 힘은 나를 또 어떤 곳으로 데려가 줄까를 기대하고, 궁금해하며.

'왜 힘들지? 취직했는데'라는 물음은 우리 삶이 흐름에 따라 '왜 힘들지? 이직했는데 / 결혼했는데 / 합격했는데 / 승진했는데……' 등등으로 끝없는 변주를 이어갈 것이다. 그리고 우린 매 순간 그때의 물음에 답하기 위해 스스로 불안과 갈증을 자각하고, 원인과 해결법을 찾고, 게으름과 비관을 이기며 행동해서 나아가기를 반복할 것이다. 이 단단한 삶의 과정을 우리는, '고민'이라 부른다.

내가 그 어떤 터널을 통과하더라도 언제나 모든 것은 결과가 아닌 다만 살아가는 과정이라고, 너는 몰라도 고민해서 얻은 것이 반드시 있을 거라고, 고민하는 것도 실력이라고 말해 준 나의 사랑하는 엄마에게 이 지난한 고민의 기록을 바친다.

왜 힘들지? 취직했는데

초판 1쇄 인쇄 2019년 9월 23일
초판 1쇄 발행 2019년 10월 4일

지은이 원지수
펴낸이 김종길 **펴낸 곳** 글담출판사 **브랜드** 인디고

기획편집 이은지 · 이경숙 · 김진희 · 김보라 **마케팅** 박용철 · 김상윤
디자인 손지원 **홍보** 윤수연 · 김민지 **관리** 박인영

출판등록 1998년 12월 30일 제2013-000314호
주소 (04029) 서울시 마포구 월드컵로8길 41 (서교동 483-9)
전화 (02) 998-7030 **팩스** (02) 998-7924
페이스북 www.facebook.com/geuldam4u **인스타그램** geuldam
블로그 http://blog.naver.com/geuldam4u

ISBN 979-11-5935-055-9 (02810)
책값은 뒤표지에 있습니다.
잘못된 책은 바꾸어 드립니다.

이 도서의 국립중앙도서관 출판시도서목록(CIP)은 e-CIP 홈페이지(http://www.nl.go.
kr/ecip)와 국가자료공동목록시스템(http://www.nl.go.kr/kolisnet)에서 이용하실 수
있습니다. (CIP 제어번호 : 2019034897)

만든 사람들 ─────────────
책임편집 이은지 **디자인** 손지원 **교정·교열** 윤혜숙

글담출판에서는 참신한 발상, 따뜻한 시선을 가진 원고를 기다리고 있습니다.
원고는 글담출판 블로그와 이메일을 이용해 보내주세요. 여러분의 소중한 경험과 지식을 나누세요.
블로그 http://blog.naver.com/geuldam4u 이메일 geuldam4u@naver.com